AF202463

Tucholsky Wagner Zola Scott Sydow Freud Schlegel
Turgenev Wallace Fonatne

Twain Walther von der Vogelweide Fouqué Friedrich II. von Preußen
Weber Freiligrath Frey
Fechner Fichte Weiße Rose von Fallersleben Kant Ernst Richthofen Frommel
Hölderlin
Fehrs Engels Fielding Eichendorff Tacitus Dumas
Faber Flaubert
Eliasberg Ebner Eschenbach
Feuerbach Maximilian I. von Habsburg Fock Eliot Zweig
Ewald Vergil
Goethe Elisabeth von Österreich London
Mendelssohn Balzac Shakespeare
Lichtenberg Rathenau Dostojewski Ganghofer
Trackl Stevenson Doyle Gjellerup
Mommsen Tolstoi Hambruch
Thoma Lenz Hanrieder Droste-Hülshoff
Dach Verne von Arnim Hägele Hauff Humboldt
Reuter Rousseau Hagen
Karrillon Garschin Hauptmann Gautier
Defoe Baudelaire
Damaschke Descartes Hebbel
Hegel Kussmaul Herder
Wolfram von Eschenbach Dickens Schopenhauer
Darwin Rilke George
Bronner Melville Grimm Jerome
Campe Horváth Aristoteles Bebel Proust
Bismarck Vigny Barlach Voltaire Federer Herodot
Gengenbach Heine
Storm Casanova Tersteegen Gilm Grillparzer Georgy
Chamberlain Lessing Langbein Gryphius
Brentano Lafontaine
Strachwitz Claudius Schiller Kralik Iffland Sokrates
Katharina II. von Rußland Bellamy Schilling
Gerstäcker Raabe Gibbon Tschechow
Löns Hesse Hoffmann Gogol Wilde Vulpius
Luther Heym Hofmannsthal Gleim
Roth Klee Hölty Morgenstern Goedicke
Luxemburg Heyse Klopstock Kleist
Puschkin Homer Mörike
La Roche Horaz Musil
Machiavelli Kierkegaard Kraft Kraus
Navarra Aurel Musset
Nestroy Marie de France Lamprecht Kind Kirchhoff Hugo Moltke
Laotse Ipsen Liebknecht
Nietzsche Nansen
Marx Lassalle Gorki Klett Leibniz Ringelnatz
von Ossietzky May vom Stein Lawrence Irving
Petalozzi Knigge
Platon Pückler Michelangelo Kafka
Sachs Poe Kock
Liebermann Korolenko
de Sade Praetorius Mistral Zetkin

Der Verlag tredition aus Hamburg veröffentlicht in der Reihe **TREDITION CLASSICS** Werke aus mehr als zwei Jahrtausenden. Diese waren zu einem Großteil vergriffen oder nur noch antiquarisch erhältlich.

Symbolfigur für **TREDITION CLASSICS** ist Johannes Gutenberg (1400 — 1468), der Erfinder des Buchdrucks mit Metalllettern und der Druckerpresse.

Mit der Buchreihe **TREDITION CLASSICS** verfolgt tredition das Ziel, tausende Klassiker der Weltliteratur verschiedener Sprachen wieder als gedruckte Bücher aufzulegen – und das weltweit!

Die Buchreihe dient zur Bewahrung der Literatur und Förderung der Kultur. Sie trägt so dazu bei, dass viele tausend Werke nicht in Vergessenheit geraten.

Der Flüchtling

Adolf Pichler

Impressum

Autor: Adolf Pichler
Umschlagkonzept: toepferschumann, Berlin

Verlag: tredition GmbH, Hamburg
ISBN: 978-3-8424-1032-9
Printed in Germany

Adolf Pichler – Einleitung von Karl Bienenstein

Am 4. September 1819 wurde dem österreichischen Zollamts-schreiber Josef Anton Pichler, der das kleine Zollhäuschen bei dem Dorfe Erl nächst Kufstein bewohnte, ein Sohn, der nachmalige Dichter und Naturforscher Adolf Pichler, geboren.

Obwohl infolge des geringen Gehaltes, das der Vater bezog, Schmalhans Küchenmeister war, wuchs der Knabe doch kräftig heran und das freie Herumstreifen in der schönen Gegend mag noch ein Weiteres dazu beigetragen haben, ihn abzuhärten und seinen Körper wetterfest zu machen. Die landschaftliche Schönheit und die Sagen, die er aus dem Munde des Volkes vernahm, waren wohl die ersten poetischen Eindrücke, die der geweckte Knabe empfing, und zugleich die einzigen schönen Erinnerungen an seine Jugendzeit. Das Vaterhaus hat ihm solche nicht gegeben, wie deutlich aus seinen Worten hervorgeht, daß er sich lethelsche Wasser wünsche, um manche Szene aus seinem Gedächtnisse zu tilgen. Von einem geordneten Schulunterricht war nicht die Rede. Ein solcher ward ihm erst zu Reutte zuteil, wohin der von Ort zu Ort versetzte Vater auch endlich kam. Und als sich dieser im Jahre 1832, des ewigen Wanderns müde, pensionieren ließ und Innsbruck zu seinem Ruheort erkor, trat sein Sohn in das dortige Gymnasium ein. Mit dem ersten Preise ausgezeichnet verließ er dasselbe im Jahre 1838 und widmete sich nun an der Universität der Jurisprudenz, trieb daneben aber auch fleißig literarische und kunsthistorische Studien, die ihn mit einer Reihe gleichgesinnter Freunde verbanden. Aber die Aussicht, als Jurist sein Leben in dumpfen, staubigen Kanzleien versitzen zu müssen, verleidete ihm das Studium der Rechte sehr bald und als er die notwendigen Mittel in der Tasche hatte, fuhr er mit einem Freunde auf einem Floße, abwechselnd selbst rudernd oder den Flößern den Homer vorlesend, nach Wien, um hier Medizin zu studieren. Schlecht und recht brachte er sich hier durch Stundengeben durch und die spartanische Einfachheit seiner Lebensweise ermöglichte es sogar, daß er jedes Jahr so viel ersparte, um in den Ferien nach Tirol zurückkehren zu können, wo er ein freies Wanderleben führte. Eben wollte Pichler mit dem Doktordiplom in der Tasche der schönen Kaiserstadt an der Donau, die ihm durch einen unglücklich verlaufenen Herzensroman gänzlich verleidet war, den Rücken kehren, um sich in Tirol eine Praxis zu erwerben, da brach die Revolution des Jahres 1848 aus. Sogleich ließ er sich in die Studentenlegion einschreiben. Bevor diese aber noch Gelegenheit hatte, in den Kampf für die Freiheit zu treten, kam die Kunde von der Bedrohung der südtirolischen Grenze durch die Italiener. Das schlug in die Herzen der in Wien lebenden Tiroler Studenten wie Wetterstrahl. Die geliebte Heimat, die Südmark Germaniens bedroht! Kein Fußbreit des alten deutschen Reichsbodens sollte den Welschen abgetreten werden, dafür wollten sie kämpfen.

Eine Schützenkompagnie von 181 Mann wurde gebildet, Pichler zum Hauptmann und der greise Kampfesgenosse Andreas Hofers, der Kapuziner Joachim Haspinger, zum Feldpater gewählt. Mit der schwarz-rot-goldenen, in der Stephanskirche feierlich geweihten Fahne an der Spitze zog die kleine Schar nach Süden und zeichnete sich in zwei Gefechten und zwar bei *ponte tedesco* und Cassaro so aus, daß sie von den Militärbehörden öffentlich belobt wurde. Pichler selbst erhielt später für seine Verdienste den Orden der eisernen Krone und wurde auf Grund dieser Auszeichnung mit dem Prädikate »Ritter von Rautenkar« geadelt. Nach zweimonatlichem Felddienste löste sich die Kompagnie auf und die Fahne wurde auf dem Schlosse Tirol hinterlegt. Pichler hielt sich eine Zeit in Tirol auf, kehrte dann nach Wien zurück und ließ als passiver Zuseher den Wirbel der blutigen Oktobertage an sich vorüberziehen. Es galt nun für ihn, sich eine Lebensstellung zu schaffen. Im Jahre 1849 erhielt er eine Lehrstelle am Gymnasium in Innsbruck und erteilte zugleich an der Universität den Unterricht in Naturgeschichte. Doch schon das nächste Jahr trieb ihn aufs neue in den Kampf für bedrohte deutsche Erde. Er wollte dem Führer der schleswig-holsteinischen Armee, General Willisen, eine Abteilung Tiroler Schützen zuführen, doch wurde ihm dieser Plan durch die österreichische Regierung vereitelt, die ihm jeden weiteren Schritt in dieser Sache strengstens untersagte. Grollend zog sich Pichler zurück, um sich nun ganz der Poesie und seinen naturwissenschaftlichen Studien zu widmen. Es erschienen nun seine ersten Gedichtbücher und nach und nach begann er auch seine Wanderungen durch Tirol und andere Teile Österreichs, um diese Gebiete geologisch zu erforschen. Diese wissenschaftliche, mit schönen Erfolgen gekrönte Tätigkeit trug ihm im Jahre 1867 die Bestallung zum ordentlichen Professor der Mineralogie und Geologie an der Universität in Innsbruck ein, in welcher Stellung er bis zum Jahre 1890 verblieb. Nun kam auch in sein äußeres Leben mehr Ruhe. War er bis zum Anbruch der konstitutionellen Ära in Österreich als früherer »Achtundvierziger« ein Gegenstand argwöhnischer Beobachtung gewesen, so konnte er nun mit seinen politischen, durchaus freiheitlichen Anschauungen ungescheuter hervortreten und die letzte Zeit nationaler Bedrängnis der Deutschen in Österreich sah ihn wieder mit jugendlicher Kraft und Begeisterung an der Seite der Jungen für die deutsche Sache in Österreich kämpfen. Sein achtzigster Geburtstag gestaltete sich aus diesem Grunde auch zu einem nationalen Festtage, an dem nicht nur das ganze Land Tirol, sondern das ganze deutschbewußte Österreich teilnahm. Die alte schwarz-rot-goldene Fahne, unter der Pichler einst ausgezogen war, um deutschen Boden zu schirmen, ward hervorgeholt und aufs tiefste bewegt drückte der Greis seine feuchten Augen in ihre Falten. Es war eine Art Abschied von der Welt. Mit der Vorbereitung der Gesamtausgabe seiner Dichtungen (erschienen bei Georg Müller in München) beschäftigt, vergingen noch ein Paar Jahre, bis ihn am 15. November 1900 sein altes Herzleiden von hinnen raffte.

Mit Pichler ist nicht nur der bedeutendste Dichter, den Tirol seit den Tagen des Minnesanges besessen hat, nicht nur einer der besten österreichischen und deutschen Dichter überhaupt zu Grabe getragen worden, sondern vor allem auch eine Charaktergestalt, wie sie unsere Zeit nur ganz vereinzelt aufweist. Er verkörpert, wie ein Kritiker sehr treffend sagt, die geistige Entwicklung Tirols im 19. Jahrhundert und er hat auch auf die nachwachsende Generation so tief und bestimmend eingewirkt, daß wir mit vollem Rechte behaupten können, Pichler ist nicht gestorben, er lebt heute noch, er lebt im Geiste der tirolischen Jugend, der jungen deutschnationalen Streitkraft Österreichs.

Pichler war eine Kraftnatur. Es rollte in ihm von den Ahnen her heißes, trotziges Tiroler Bauernblut, dasselbe Blut, das sich im Jahre 1809 als Opfer für die Freiheit der geliebten Heimat darbot. Obwohl er auf eine traurige Jugend zurückblicken mußte und obwohl ihm auch sein späteres Leben ein vollgerüttelt Maß schmerzlicher und sehr bitterer Erfahrungen brachte, so daß uns manche Äußerungen eines tiefen Pessimismus nur zu begreiflich erscheinen, so trug Pichler doch zeitlebens keine Verbissenheit, keine Griesgrämigkeit zur Schau, sondern war stets ein stolzer Bekenner alles Idealen, ja noch mehr, ein mutiger Kämpfer für das Ideale. Jedes Hindernis, das sich ihm entgegenstellte, erhöhte nur seine Kraft und er ruhte nicht eher, bis er es überwunden hatte. So hat er einem verknöcherten Bureaukratismus, einer allmächtigen Klerisei gegenüber den Gedanken der Freiheit und des Deutschtums in Tirol großgezogen, so hat er von Lebenssorgen hart bedrängt in unablässiger geistiger Arbeit seinen Gesichtskreis erweitert und vertieft und sich eine so vielseitige Bildung erworben, wie sie in unserer Zeit des Spezialistentums nur selten zu finden ist. Mit freiem Blick übersah er die Welt und er hat viel Fremdes in sich verarbeitet, ohne dabei auch nur das geringste von seiner Eigenart einzubüßen. Diese blieb immer echt tirolerisch und es ist vollkommen richtig, wenn Karl Berger sagt: »Wer Pichler als Dichter ganz verstehen und würdigen will, der muß ihn als Tiroler Kind, von der Geschichte und Umgebung seiner Alpenheimat aus betrachten. Sein menschlicher und dichterischer Charakter konnte sich in seiner besonderen Art nur in einem Lande entwickeln, wo seine Kraftnatur sich tagtäglich gegen Hemmungen und feindliche Strömungen zu bewähren hatte. Nur aus den Verhältnissen heraus, in die er durch seine Geburt gestellt wurde, verstehen wir diese eigenartige Mischung von Gegensätzen: urwüchsige, naive Natur und höchste Bildung, trotzig-stolzes Kraftbewußtsein und demütig-milde Frömmigkeit, schlichtes Empfinden und kühnes Denken, herbe Satire und versöhnenden Humor, derbes Erfassen des Lebens und beschauliches Sichversenken in seine Rätsel.« Ein Realist im Kopfe und ein Idealist im Herzen, dem weder Schmerz, noch Bosheit, noch Alter die Schwungkraft nehmen konnten, das ist Pichler.

Pichlers menschlicher Charakter prägt sich auch in seiner Dichtung aus. Er hat in einer Reihe von Liedern die Schönheit seiner Heimat besungen; er hat gesungen von dem Frieden der Bergeinsamkeit, von den Stürmen, die um die Felsschrofen tosen und donnern, von den zarten, leuchtenden Blumen der Höhen, aus den Bergen klingt ihm der Widerhall seines eigenen Denkens und Empfindens entgegen und in die Klüfte und auf die ragenden Gipfel trägt er sein eigenes Herz, sein starkes, stolzes Herz. Markig, wie seine ganze Natur ist, so schallen auch seine Lieder, markig stehen auch die Gestalten seiner epischen Dichtungen vor uns, und wo er in Epigrammen gegen das Faule, Verderbliche, Gemeine und Hohle loszieht, da wettern auch Streiche nieder, die mit vernichtender Schärfe treffen. Rein, klar, frisch und kräftig wie Alpenluft ist seine Lyrik, sie fegt den Dunst aus den Seelen und leitet sie empor zu einer höheren und edleren Auffassung des Lebens, sie trägt aufwärts wie Adlerschwingen. Und wenn sie auch nichts von der weichen Musik und dem Farbenreichtum der modernen Stimmungslyrik in sich hat, so hat sie doch einen vollen Klang und kräftige Farben und trägt das Gepräge feinster Kunst an sich. Denn Pichler ist durchaus Kunstpoet. Wie aus seinen Tagebüchern hervorgeht, beschäftigte er sich eingehend mit dem Studium der alten Dichter und Schriftsteller und durch dieses Studium gewann er die Freude an der schönen Form, durch welche sich auch seine Dichtungen in hervorragendem Maße auszeichnen. Aber die Form ist bei ihm jederzeit ganz von eigenem Geiste erfüllt, er ist nie bei bloßer Nachahmung stehen geblieben. Schon in seinen ersten Büchern, den »Gedichten« (1852), den »Legenden« (1853) offenbart sich eine Kraft der poetischen Empfindung und des selbständigen Ausdruckes, die gerade zu jener Zeit, da Verschwommenheit und seichtes Epigonentum die deutsche Lyrik charakterisierten, ganz einzig dastanden und einen Alexander von Humboldt zu Worten ehrlicher Anerkennung veranlaßten. Noch mehr tritt das Urkräftige hervor in den »Hymnen« (1855), Pichlers bedeutendstem Werke auf lyrischem Gebiete. Tadellose klassische Form verbindet sich hier mit glühender Empfindung und Tiefe des Gedankens. War in den früheren Gedichten noch manches enthalten, was aus dem Geiste der Romantik entsprungen ist, dem Pichler hauptsächlich durch das Studium der Hegelschen Philosophie nahegetreten ist, so kommt in den Hymnen der Naturforscher zu Worte, so daß Professor Dr. Prem mit vollem Rechte sagen kann:»Die Hymnen offenbaren sein wahres Verhältnis zur Natur, die er trotz allem Wechsel der Formen als einzige große Erscheinung auffaßt, die durch innere Harmonie regiert wird. Ein ewig waltender Geist, der aus allem spricht, zieht durch die Natur und er selbst fühlt sich in pantheistischem Sinne als ein Teil derselben. Auch hier wieder stolze Kraft, die sich den Dingen nicht unterwirft, sondern Herr über sie sein will, kein weinerliches Geleier, und kein weichliches Hinschmelzen der Gefühle,«

Nach vierzehn Jahren folgten die Epigramme »In Lieb und Haß«, in denen sich der Dichter mit den verschiedenen Erscheinungen in Zeit und Leben, die ihm aufstießen, auseinandersetzt. Sie zeigen aufs deutlichste, wie alles, was Pichler schrieb, aus innerem Erlebnis eruptiv emporquoll, wie Wahrheit der Grundzug seines ganzen Schaffens ist. Die Sammlungen:»Marksteine« und »Neue Marksteine«, sowie die 1896 erschienenen »Spätfrüchte« runden das Bild des Versdichters Pichler ab, indem sie auch die größeren erzählenden Dichtungen wie:»Der Hexenmeister«,»Fra Serafico«,»Der Zaggler Franz« enthalten, in denen sich Pichler auch als vorzüglicher Epiker bewährt, der es ausgezeichnet versteht, eigenes Fühlen in prächtigen Gestalten zu objektivieren. Pichlers Gedichte sind keine Kost für den Durchschnitt des lesenden Publikums. Sie verlangen von dem Leser nicht nur ein feines Verständnis für die Schönheit der künstlerischen Form, sondern auch ein nicht alltägliches Maß von allgemeiner Bildung, denn bei aller poetischen Sinnlichkeit und Lebendigkeit enthalten sie so manchen Ausspruch profunder Lebensweisheit, manch tiefversteckten Gedankenkern, der nur auf dem Wege treuen Versenkens in die Dichtung und geschulten Denkens herausgeschält werden kann.

Auch als Dramatiker hat sich Pichler versucht, ohne aber einen Erfolg erringen zu können, denn seinen beiden Dramen:»Die Tarquinier« und »Rodrigo« mangelt es an der dramatischen Anlage und Durchführung, obwohl sie im einzelnen manche Schönheit enthalten. Das Effektvolle, ohne das ein Drama nun einmal nicht existieren kann, lag eben nicht in Pichlers schlichter, jeder Pose abgeneigter Natur.

Den meisten Beifall fanden Pichlers Erzählungen aus dem Tiroler Volksleben, die in ihrer Mehrzahl in den sechziger Jahren entstanden und in fünf Bänden:»Allerlei Geschichten aus Tirol« (2 Bde.), »Jochrauten«,»Letzte Alpenrosen« (2 Bde.) erschienen sind. Die Stoffe dieser Erzählungen sind nicht, wie viele, und selbst Tiroler, vermuten, von dem Dichter auf seinen vielen Wanderfahrten, die er als Geologe unternahm, gesammelt worden, sondern sie sind alle seiner Phantasie entsprungen.»Alle diese Gestalten,« sagt er selbst, »gehören mir, oder vielmehr, sie sind mir aus dem Boden Tirols gewachsen; nur zum ›Veteranen‹ gab mir Peternader den Stoff. Bloß manche Nebenfiguren, wie Scholastiker, Lena, Moidl, Burgl, die jedoch nirgends in die Handlung eingreifen, wurden nach der Natur gezeichnet, wie manche Landschaften in großer Linie, aber nicht als Veduten.« Mit diesen Worten hat Pichler die ganze Art seines Schaffens in Prosa klar gekennzeichnet. Sie ist die jedes großen Künstlers, der nicht am Stofflichen hängen bleibt, und wenn man ein Analogon aus der Malerei heranziehen wollte, so müßte man in erster Linie an Böcklin denken. Wie sich in der Phantasie dieses Meisters der Farbe das Schweigen des mittägigen Waldes in die schreckhafte Gestalt des Einhorns mit dem lieblichen Mädchen auf seinem Rücken verdichtet, oder die Unheimlichkeit finsterer Gebirgsklüfte in die Gestalt des greulichen Tatzelwurms, der auf den einsamen Wanderer lauert, so hat sich auch in Pichler die Eigenart tirolischer Landschaft in Gestalten verkörpert, die eben gerade deswegen so wahr sind, weil sie organisch mit dem Boden verwachsen sind. Wer z. B. die nachfolgende Erzählung »Der Flüchtling« liest, der wird unschwer ihre Entstehungsgeschichte erraten können. Auf einer seiner Klettereien im Gebirge hat der Dichter die Trümmer einer verlassenen Hütte gefunden. Die Öde des Ortes, die Schwierigkeit des Zuganges legten ihm die Vermutung nahe, daß sich hier ein Geächteter eine Zufluchtsstätte geschaffen hatte. Wann konnte das gewesen sein? Wahrscheinlich zu einer Zeit, da nach dem Aufstande von 1809 Bayern und Franzosen nach den Führern des Aufstandes suchten und ihnen bis in die verborgensten Winkel der Berge nachspähten. Die Hauptgestalt der Erzählung war somit in ihren Grundzügen geschaffen. Mancherlei, was der Dichter aus dem Jahre 1809 erzählen gehört hatte von Bedrängnissen und Verfolgungen der Landsleute durch die Feinde, von geheimen Zusammenkünften der Männer, von Liebeswirren und anderen Dingen, rankte sich nun um die Hauptgestalt, Personen, welche ihrem Charakter nach in den Stimmungsrahmen der Erzählung paßten, traten dem Dichter vor das Auge und gliederten sich ein und die Erzählung war fertig.

Auf ähnliche Weise werden wohl auch alle übrigen Geschichten entstanden sein. Sie haben mit den landläufigen Dorfgeschichten nichts gemein, denn es handelt sich in ihnen nicht um die Wiedergabe einer mehr oder weniger platten Fabel, um Liebes- und Heiratsgeschichten, um den »Buam« und das »Diandl«, sondern um die Herausarbeitung historisch und landschaftlich bedingter Charaktere, Der Charakterzeichnung wendet Pichler deshalb auch sein ganzes Augenmerk zu. Er zeigt uns den innigen Zusammenhang zwischen Seelenleben und der umgebenden Natur, er hat als einer der ersten die Milieutheorie und zwar bevor sie noch Schlagwort wurde, in seiner Kunst angewendet, ohne daß man aber davon etwas gewahr wurde. Seine Erzählweise ist vielmehr so schlicht und einfach, daß sie fast kunstlos erscheint. Der Dichter fängt von irgend einer Wanderung, die er unternommen hat, oder von einer Landschaft zu erzählen an, führt dann einmal eine der handelnden Personen ein, beginnt langsam und bedächtig den Faden der Handlung anzuspinnen, und auf einmal sieht man sich mitten in der Geschichte. Es sind meist arme, von des Lebens Not und Sorge bedrückte Menschen, die er uns vorführt, häufig auch solche, denen gleich ihm Neid und Bosheit der Mitmenschen die schönsten Freuden vergällt haben; aber sie schreiten stark und mutig durch alles Ungemach, denn sie tragen in ihrer eigenen Brust die Kraft, sich über alles Leid erheben zu können und manche wachsen dadurch in die Sphäre bewundernswerten Heroismus hinein. Solche Gestalten konnte nur ein Dichter schaffen, der sein Volk aus ganzem Herzen liebt, der es bis in die geheimsten Fasern seines Herzens kennt und der den Glauben an die idealen Kräfte, die im menschlichen Leben walten, nie verloren hat. In ihrer durchaus naturwahren Charakteristik gewinnen die Erzählungen Pichlers aber auch kulturhistorischen Wert, und wer das Tiroler Volk gründlich kennen lernen will, der wird an den Gestalten, die Pichlers Dichtergeist geschaffen hat, nicht vorübergehen können, ohne die Gelegenheit tiefster Einblicke in die Geisteswelt des trotzigen Bergvolkes zu versäumen.

Die vornehme Abgeschlossenheit des Dichters Adolf Pichler, die Herbheit und sittliche Schwere seiner Muse haben lange Zeit verhindert, daß ihm das deutsche Volk die Stellung neben den ersten Dichtern der Nation anwies, die er nach dem Werte seiner Schöpfungen verdient. Die letzten Jahre erst haben das Versäumte nachgeholt und die schöne von dem Dichter selbst vorbereitete Gesamtausgabe seiner Werke, die im Verlage von Georg Müller in München erscheint, wird sicher vollends dazu beitragen, daß dem Dichternamen Adolf Pichler die gebührende Ehrung werden wird.

Marburg in Steiermark, im Juli 1905.
Karl Bienenstein.

Eine Erinnerung an Adolf Pichler – Von Peter Rosegger

Es gibt Bücher, hinter denen ein Künstler steht, und es gibt Bücher, hinter denen ein Mann steht. Des Künstlers Werk ist Form und Spiel, des Mannes Werk ist Geist und Tat. Der Künstler will überreden, der Mann will überzeugen. Wo Künstler und Mann sich vereinigen, da gibt's Vollendung.

In Adolf Pichlers Dichtungen ist Mann und Künstler oft vereinigt, aber nicht immer. Bisweilen hat er so elementar etwas zu sagen, daß er Form und Spiel außer acht läßt, daß er gerade und derb seine Natur ausspricht. Da ist er ganz Mann und als solcher mir am liebsten. Man muß den Mann persönlich gekannt haben, um manche seiner Schriften just so zu verstehen, wie sie gemeint sind. Ich wäre beinahe um diesen Vorteil gekommen. So viele Briefchen und Kärtchen im Laufe der Jahre auch hin und her flogen zwischen Steiermark und Tirol, so oft wir uns auch Stelldichein gaben, persönlich begegnet sind wir uns doch nur dreimal. Das erstemal im Jahre 1887 in München. In ein Kaffeehaus hatten wir uns zusammenbestellt, beide trafen wir genau zur Stunde ein, fanden und erkannten uns aber lange nicht. Ich hatte mir den Professor als Stadtherrn gedacht und er sich den Waldpoeten als bärtigen Bauernkerl. In der Tat: den Verfasser der »Hymnen«, der »Tarquinier«, der »Marksteine« usw., der in den Revolutionszeiten die Freiheitsfahne schwang, der dann so und so lange als Naturforscher in den Bergen umherhämmerte und in den Lehrsälen dozierte, und dessen Name mir seit Kindheit bekannt als Halbvergangener erschien, – diesen Mann stellte ich mir vor als gebrechliches Greislein mit weißem Haar und eingekniffenem Mund. – Aber der Recke, der dort am Pfeiler saß, wo die Mäntel hingen, den breiten Schlapphut auf dem Kopf, das Gesicht oft nach dem Eingange wendend – er kam mir doch nicht recht vor. Das braune Gewand, mehr Bauernloden als Herrentuch, war gebirglerisch, das Glas Milch, das er vor sich hatte und in das er vorhin sein Brötchen getaucht, wies weniger auf einen Bergbauer als auf einen Poeten. Kurz, ich stand auf und ging langsam gegen seinen Tisch hin. Er faßte mich ins Auge, erhob sich ebenfalls und sagte:»Sind wir's oder nicht?«

»Ich denk', wir sind's.«

Und wir waren es. Ein stattlicher, aufrechter Mann mit breiten
Schultern und mächtigem Haupte, das noch dunkle Haar reich über
den ein klein wenig vorgeneigten Nacken wallend, das längliche,
markige Gesicht mit schlichtem Bart, das Auge buschig und mild,
der Mund zart voller Zähne, die sich bei seinem Lächeln zeigten –
so stand er da, und der alte Tiroler Dichter Adolf Pichler. – Er hatte
sich an mir wohl in der umgekehrten Weise getäuscht. Solche Über-
raschung hatte uns beide einigermaßen gedämpft und wir nebelten
längere Zeit mit banalen Redensarten umher, von der Reise, vom
Wetter, von der Gesundheit. Dann fielen Bemerkungen über An-
zengruber, den er einen Hauptkerl nannte, und über Hamerling,
dem er nicht gerecht wurde. Dann kam das Gespräch auf die Ähn-
lichkeiten und Verschiedenheiten der Tiroler und Steirer, auf den
ewigen Kampf der freisinnigen und klerikalen Elemente in Tirol,
auf die Vor- und Nachteile des Fremdenzuflusses. Der Achensee,
wo er bei der Scholastika die Sommer zuzubringen pflegte, war ihm
bereits verleidet worden. Er gehe nicht auf Sommerfrische, um den
Berliner Schöngeistern und den Wiener Juden die Honneurs zu
machen oder von den Dresdener Blaustrümpfen angestaunt und
um Autographen angebettelt zu werden. Er gehöre zu den Tirolern,
und auch da wieder nur zu den Steinschädeln, die Funken geben,
wenn man auf sie schlägt. Ja, der alte Pichler war einer von denen,
deren trotzige Kraft durch Anfeindungen geweckt wird, einer der
Feuersteine, die in der weichen Hand kalt bleiben und erst sprühen,
wenn sie geschlagen werden. Im Grunde friedfertige Menschen,
aber der unbändigsten Opposition fähig, wenn ihre geraden Wege
tückisch durchkreuzt werden.

Nach etwa einer Stunde trennten wir uns und jeder mochte nachher gesagt haben: Ich habe mir ihn anders gedacht. Die Briefe und
Karten, die wir wechselten, waren seit dieser Begegnung nicht länger geworden. Die seinen, oft mit Bleistift auf Papierschnitzeln ge-
schrieben, waren schwer zu entziffern, aber es lohnte sich der Mühe. Irgend eine treffende Bemerkung über Zeitfragen, ein Kern-
spruch, ein Zuruf, manchmal auch ein kräftiger Fluch über moderne
Dummheiten. Dem »Heimgarten« war er ein ständiger Mitarbeiter,
besonders auch als Vertreter der jungen Tiroler Poeten, denen er ein
verehrtes Vorbild und ein herzhafter Ermutiger gewesen. »Unsere

jungen Leute dürfen nicht auf Abwege kommen,«schrieb er einmal, »was wir begonnen, müssen sie vollenden. Es ist unsere Rebe, es ist unser Gären, es wird unser Wein.« Er hat die Freude gehabt, eine junge, kräftige Tiroler Literatur um sich erstehen zu sehen, die »sich nur erst selber bändigen muß, um die widerstrebenden Geister des Tages bändigen zu können, die noch einen großen Schritt zu machen hat aus der Verneinung zur Bejahung, aus dem Kritischen zum Schöpferischen.«

Meine zweite persönliche Begegnung mit Adolf Pichler war vor drei Jahren in Innsbruck. Er lag auf dem Krankenbette an einem gichtischen Leiden. Aber sein Geist, obschon nahe dem achtzigsten Lebensjahre, kam mir frischer, munterer vor, als damals in München. Er hörte noch gut und verstand zu hören; sein Sprechen hatte nichts Greisenhaftes, es war lebhaft, deutlich, klar, bestimmt. In leichter Tirolerbetonung gab er von den Gedankenschätzen, den Erfahrungen, den überzeugten Meinungen, die ein langes, reiches Leben in ihm gezeitigt hatte. Wir waren übrigens beide aufgeregt, denn es war nach den beispiellosen Vorgängen im Abgeordnetenhause, an dem Tage nach dem Sturze Badenis. Ich war gerade aus Graz gekommen, wo die Menge durch die Straßen tobte und wo von bosnischen Soldaten auf das Volk geschossen wurde. »Österreich so weit!« murmelte Pichler. Dann richtete er sich, mit dem Ellbogen stützend, ein wenig auf, und das Donnerwetter, das aus ihm losbrach, darf ich nicht beschreiben! – Mit rücksichtsloser Schärfe bezeichnete er die Grundursachen solch politischer Katastrophen in Österreich. Niemals zuvor hatte ich an einem Greise diesen wilden Zorn gesehen. Die loderndsten Proteste und Kraftreden seiner Gedichte, hier waren sie, ins Grandiose gesteigert, in wenigen Sätzen zum Ausdrucke gekommen!

In dieser schlichten Poetenstube, deren einziger Schmuck die Sonne war und die Bilder des Hochgebirges, die zum Fenster hereinleuchteten, wohnte das Feuerherz, an dem die jungen Poeten des Alpenlandes sich entzündeten. Daß er mit den Deutschen, die er doch so sehr liebte, gar besonders zufrieden war, kann man nicht behaupten. Auf den Absatz seiner Bücher anspielend, sagte er: »Gibt es einen schundigeren, launenhafteren Herrn als den deutschen Michel? Seine angebliche Verehrung für Poesie – nur Heuchelei, in seinem Herzen kniet er nur vor zwei Göttern: dem hohen

Titel und dem Geldsack. Ich verdanke mein bescheidenes Einkommen dem Hammer des Geologen.« Er hatte außerdem noch in seinen letzten Jahren schlechte Erfahrungen mit Verlegern gemacht. »Die Schriftstellerei,« schrieb er mir schon früher einmal, »verleidet's mir nach und nach, man muß nur der Mode huldigen und dazu habe ich nicht das Zeug. Liegt mir auch nichts dran, ich treibe lieber geologische Allotrias.« Ein anderes Mal, als ich ihm vorgehalten, daß der »Heimgarten« wieder lange nichts von ihm bekommen, antwortete er: »Was haben Sie denn zu klagen, Sie alter Bär! Ich bin alt, ein Schlagfluß hat mich heimgesucht. Kommen Sie lieber nach Tirol! Müssen Sie denn immer an der Schürze der Mutter Styria hängen?« – Nun, so hatte ich ihn endlich vor mir, und in dieser einen Stunde des persönlichen Verkehres zeigte es sich, wie traut wir uns unvermerkt geworden waren. Seine Tochter Mathilde, die ihm das Haus besorgte, die ihn pflegte, man merkte ihr's an, wie froh sie war über die geistige Frische und Wärme ihres Vaters. »Wir wollen auch was zu lachen haben,« sagte er plötzlich und zeigte mir ein klerikales Tiroler Blatt, in welchem er heftig angegriffen war. »Solche Ergötzlichkeiten fehlen auch mir in Steiermark nicht,« darauf meine Bemerkung, »sie können uns nur stärker und zielbewußter machen. Besonders ich habe von Zeit zu Zeit solche Gifttraktätlein nötig, um nicht in Vertrauensseligkeit einzuschlafen.« Er lachte und zitierte einen bekannten Spruch Mephistos. Als ich mich verabschiedete, sagte Pichler: »Allzulang' dürfen Sie nicht ausbleiben, wenn Sie mich noch einmal sehen wollen.«

Und zwei Jahre später, da sah ich ihn noch einmal. Er hatte die Ehren des achtzigsten Geburtstages hinter sich; das deutsche Volk, besonders aber die Tiroler, hatten sich erinnert daran, was Adolf Pichler bedeutet. Er hatte noch einmal die Fahne umarmt, unter der er einst den Freiheitskampf mitgerungen, er war ein begeisterter Mitarbeiter des jungen deutschnationalen Kampfblattes »Der Scherer« geworden – er fühlte sich wieder jung. Schlank aufrecht im bequemen Hausrock mit lustigem Willkommgruß empfing er uns, als wir, Arthur v. Wallpach, der Dichter der »Sonnenlieder« und ich, bei ihm eintraten. Mit teils mildem, teils scharfem Humor leitete er das Gespräch, in seinem Wesen lag eine ebenmäßige Überlegenheit über Welt und weltliche Werte. Aber die Glut für das deutsche Vaterland und seine Freiheit war noch vorhanden. Mancherlei brennende Tagesfragen wurden besprochen, darunter der Hirtenbrief, den kurz zuvor der Fürstbischof von Brixen gegen die nationale Zeitschrift »Der Scherer« erlassen hatte. Pichler machte gleich ein Paar Epigramme über die »Los von Rom«-Bewegung und blitzenden Auges sagte er:»Nun, nun, Freunde, ich wollt' schon noch dreinschlagen! Aber das Gerüst ist morsch.«

Als ich mich erhob, um wieder der Steiermark zuzutrachten, stand er hochaufgerichtet vor mir und bei dem Händedrucke sagte er:»Leben Sie wohl! Auf dieser Welt sehen wir uns nicht mehr – gewiß aber in einer anderen.«

Die Berufung auf dieses Stelldichein war sein Glaubensbekenntnis. So unversöhnlich Adolf Pichler gegen den Ultramontanismus stand, so innig war er im Herzen Christ. Sein Beruf als Naturforscher hinderte ihn, wie er mir einmal schrieb, nicht einen Augenblick, an ein ewiges Leben der Menschenseele zu glauben. Für sein Grab erbat er sich ein einfaches Holzkreuz.

Acht Monate nach jenem Abschiede ist es aufgerichtet worden.

Der Flüchtling

Geschichte aus Tirol

Hinter dem Hause Scholastikas erhebt sich ein steiler, waldiger Berg, der Unutz. Er liefert zwar den Bauern nur wenig Holz, die breite Fläche, die sich über seinen Hochrücken hinzieht, ist dürr und wasserarm, spärliche Seggenbüschel auf kalkigem Grunde gewähren Schafen und Rossen ein dürftiges Futter; dessenungeachtet hat er in neuester Zeit eine gewisse Berühmtheit erlangt. Sein Gipfel, den auch Damen in zwei bis drei Stunden ohne Gefahr ersteigen, gewährt eine Aussicht, noch viel großartiger als die von der hohen Salve, indem man die Gletscher der Zentralalpen, das schroffe Kalkgebirge, das sie einfaßt, und das bayerische Flachland, so weit das Auge trägt, überschauen kann. Wohl die wenigsten der zahlreichen Bummler, die eigentlich nur hinaufsteigen, um sagen zu können, sie seien droben gewesen, werfen von der scharfen Kante, mit der gegen Ost die Hochebene abbricht, einen Blick in den Abgrund, der sich gegen Steinberg niedersenkt. Die steile Lehne ist nur stellenweise von Zündern überwachsen, erst weiter unten beginnt der Wald und bedeckt fast ohne Unterbrechung den Abhang, der hier sanfter ausläuft. Die Hochfläche des Unutz ist durch eine Furche fast in der Mitte gespalten; an dieser Stelle beginnt eine Schlucht, die sich allmählich zu einem Tälchen vertieft und ausweitet und selbst noch den Gürtel der Föhren und Tannen durchschneidet. Rechts und links erheben sich pralle Wände, der Boden ist von Steintrümmern übersät, im Schatten der Vorsprünge liegt noch im August grobkörniger Schnee als letzter Rest der Lawinen, die hier niederbrausen. Willst du Einsiedler werden, hier ist ein Plätzchen, wo dich niemand stört, du hörst nichts als den Pfiff der Schneefinken, das Ächzen der Jochdohle und den heiseren Schrei des Alpenadlers, der auf Beute ausfliegt, aber du darfst nicht zittern vor dem Blitze, der neben dir in die kahlen Felsenschädel schlägt, vor dem Donner der Lawinen, vor dem Sausen des Sturmes, welcher Felsenblöcke von den Wänden losreißt und auf die Bäume tief unten schleudert. Hier und da klingt das Glöckchen von Steinberg und mahnt dich, daß über dir derselbe Herrgott walte wie über den Menschen drunten im Tal, deren Gesellschaft du unmutig geflohen.

Durch diese Schlucht vom Grat des Unutz den Weg nach Steinberg zu suchen, fällt nicht einmal Sennern ein; wenn ich es unternahm, so geschah es um Petrefakten zu holen. Den Plan dazu hatte ich schon längst entworfen, die Ausführung jedoch auf den Frühling verschoben, wo noch die Mulden Schnee ausfüllt, der festgefroren einen viel leichteren Übergang gestattet als das lockere Steingerölle, das leicht kollernd jeden Schritt unsicher macht.

Ich erstieg voriges Jahr zu Pfingsten den Unutz. Unter mancherlei Schwierigkeiten hatte ich endlich die Mitte des Absturzes erreicht, wo sich die Schlucht erst ein wenig erweitert und dann wieder zusammenschnürt. Die Buchen trugen bereits junges Laub, blühende Sträuche von Steinmispel und Schlingbaum hingen aus den Felsenritzen, während an einem kleinen Wasserfalle, der von einem Absatze niederflatterte, die Moospolster schon mit frisch grünem Überzuge prangten. Der Platz schien mir zu einer kleinen Rast geeignet, um so mehr, da ich erst über die Fortsetzung meines Weges nachdenken mußte. Die Welt war hier wie mit Brettern vernagelt, an den Schrofen könnte nur eine Fliege emporklettern, der Rinne zu folgen hinderte ein steiler, schlüpfriger Abbruch. Unschlüssig klomm ich hin und her, da fand ich, verdeckt von einem Vorsprunge, die Trümmer einer Hütte. Nur einzelne Pfähle ragten noch empor, dazwischen faulten die Planken, auf dem Boden zerstreut, ganz hinten lag ein Viereck von angerauchten Steinen, die einmal zum Herde gedient hatten. Wer mochte hier gehaust haben? Ein Wurzelgräber hatte an diesen Schrofen nichts zu holen, für eine Alm war der Platz zu klein, Rinder konnten gar nicht hergetrieben werden, und selbst für Ziegen, sollten sie ihre Weide nicht stundenweit zusammenlesen, war kein Futter da. Ein wackliger Pfosten trug ein halbverwittertes Gemälde im schrecklichen Stile der Martersäulen, die man in den Tiroler Alpen an Plätzen, wo sich ein Unglück zugetragen, nicht selten sieht. Mit Mühe entzifferte ich die Vorstellung; es waren die armen Seelen, die aus einem fürchterlichen Feuer die Hände zum Himmel streckten. Darunter stand mit Bleistift:»Betet für mich, ich bete für euch, damit wir frei werd ...« Hier war ein rostiger Nagel durchgeschlagen. An einem Querbalken, den der Ruß vor Vermoderung geschützt hatte, waren unter zwei brennenden Herzen einige Buchstaben eingeschnitten: N. M. und K. N.Ich forschte weiter, da entdeckte ich auf einem Brette ein kunstloses

Basrelief, es stellte einen Schützen dar, der über Felsen kletterte, unten standen Soldaten mit ungeheuren Federbüschen und schossen auf ihn, man sah die Kugeln aus dem Rohre fliegen. Zur Seite hing ein Schiff in der Luft, es trug ebenfalls Soldaten und eine Kanone. Eingekratzt war die Jahreszahl 1809. Sonst war nichts zu entdecken, was auf Person und Absicht des ehemaligen Bewohners gedeutet hätte.

Ich schloß, daß hier doch irgendwo ein Ausweg sein müsse; wie wäre sonst die Hütte hergekommen? Sie stand ja bereits über der Holzgrenze, wo die Bäume zum Gebüsch verkrüppeln; Balken und Bretter von der anderen Seite des Joches herüberzuschleppen, war fast geradezu unmöglich. Sie mußten also von unten hergebracht sein. Da erblickte ich weit rückwärts am Felsen einige Grasbüschel übereinander, an denen man sich halten und emporklimmen konnte. Wirklich erreichte ich so den niederen Grat. Auf der anderen Seite hingen dann lange Äste der Zundern wie Seile hinab, ich ließ mich, bis meine Füße wieder festen Grund berührten, mit den Händen hinunter. Von dieser bedenklichen Stelle abwärts mußte ich noch einige hundert Schritte durch Gebüsch kriechen, allmählich zeigten sich Spuren eines Ziegenpfades, das Schwerste war überstanden. Das Bächlein, das oben in der Schlucht entsprang, war zum Bach angeschwollen, ich wusch mir in seinem eisigen Wasser die Glieder und eilte sodann neugestärkt den Abhang hinunter, bis mich der Schatten eines herrlichen Waldes, eines der wenigen, wo die Bäume noch unverstümmelt wachsen dürfen, umfing.

Ich suchte die Straße, die Achenkirch mit Steinberg verbindet. Gerade gegenüber der weißen Kalkpyramide des Guffert, der fast leuchtend aus dem dunklen Himmel niederschaute, ist ein höchst anmutiges Plätzchen in der Waldeinsamkeit. Schattige Buchen wölben sich über eine Quelle, die in mächtigem Strome aus dem Boden steigt und von dem schönsten Borde aufgenommen wird. Weißer und goldgelber Steinbrech erheben sich zu vollen Sträußen, daneben träumt das Vergißmeinnicht am Wasserspiegel, auf der aromatischen Minze spielen blaue Käfer, kaum vermag der zarte duftende Stendel durch das breite Farnkraut durchzugucken. Neben der Quelle ragt ein großes Kreuz, den Fuß desselben hält eine Magdalena umschlungen, deren Hand, so oft ich vorüberging, einen frischen Strauß trug. Am Stamme ist ein Draht angebracht mit einer

Reihe Korallen, fromme Wanderer schieben einige derselben vor- oder rückwärts und verpflichten sich dadurch, ebensoviele Vaterunser zu beten. Darüber liest man auf einem Täfelchen:»Erbarmt euch einer armen Seele.«

Ich hatte hier auf dem Betschemel eine Weile gerastet, da trat ein Bauer aus dem Gebüsche; er warf Axt und Reisigbündel auf den Boden und setzte sich zu mir. Nachdem wir die ersten Begrüßungen getauscht, zu denen auch das Wohin und Woher gehört, fragte ich ihn, wer denn jene Hütte bewohnt habe, deren Trümmer mir droben in der Schlucht aufgefallen waren.

»Das ist eine alte Geschichte!« erwiderte er.»Es war lang' ein starkes Gerede darüber, jetzt ist es aber vergessen und man soll es nicht aufrühren, denn jeder Tag hat ohnehin seine Plag'. In jener Hütte hat der Wegmacher Klaus mehrere Monate gewohnt; jetzt geht es ihm freilich besser. Seht Ihr das Haus dort?«

Er deutete mit dem Finger auf einen Bauernhof, der einige Büchsenschüsse vor uns auf der Höhe von Steinberg lag. Es war ganz im Stil ähnlicher Gebäude dieser Gegend: ein steinerner Unterbau, darüber der erste Stock von Holz. Die Vorderwand nahm ein Söller mit einem zierlichen Gitter ein. Ich erinnerte mich sehr wohl, daß ich gelegentlich ein Freskobild über der Tür betrachtet hatte. Es stellte einen Tannenbaum vor, auf und um den wie in der Arche Noah fast alle Tiere des Waldes versammelt waren, etwas seitab stand ein Bär auf den Hinterpranken, dem ein Jäger die Büchse auf die Brust drückte.

»Nun, was ist mit dem Haus?« fragte ich weiter.»Das gehört ihm mit den Feldern bis zum Zaune. Er vermag etwa fünfzehn Stück Kühe zu halten, gewiß viel in unserer Gegend. Übrigens kann ich auch die Sache nicht genau erzählen, denn ich hab' erst vor einigen Jahren hereingeheiratet. Die Lena bei der Scholastika – weil Ihr dort übernachtet – weiß, was im Achental seit fünfzig Jahren fliegt und stiebt, die redet Euch wie ein Buch; erkundigt Euch nur nach dem Klaus.«

»Nun, so teilt wenigstens mit, was Euch bekannt ist.«

»Der Klaus ist ein Deserteur gewesen und hat im Jahre 1809 unter dem alten Aschbacher mitgerobelt. Gehabt hat er anfangs nichts, dann aber das Gütchen dort gekauft und geheiratet. Da soll sich allerlei zugetragen haben, was man gewiß beschreiben tät', wenn der Klaus ein General oder gar ein König wär'. Übrigens darf man ihm nichts Übles nachreden, er ist ein braver christlicher Mensch.« Er schlug Feuer und legte den glimmenden Schwamm auf seinen Nasenwärmer. »Jetzt behüt' Euch Gott, ich muß heim, fragt nur die Lena.« Er warf das Bündel über den Rücken und ging fort. Eine Geschichte, würdig in einem Buche beschrieben zu werden und noch dazu wahr! Wer möchte darüber nicht Petrefakten und Schwämme vergessen, um sich überraschen zu lassen und dann auch die Leser zu überraschen? Ich trabte daher rüstig vorwärts. Als ich die Poststraße am Saume des Waldes erreicht hatte, spähte ich nach allen Richtungen, ob der alte Klaus, der mir plötzlich zu einer wichtigen Person geworden, nicht sichtbar würde. Am Weg zum Pulverer traf ich ihn endlich und betrachtete ihn als künftigen Helden meiner Erzählung mit mehr Andacht als gewöhnlich. Er stand etwas vorgebeugt vor einem Steinhaufen; von Zeit zu Zeit ein kleines Rauchwölkchen aus der Pfeife blasend, zerklopfte er emsig die größeren Stücke und schob sie in die ausgefahrenen Furchen der Straße. Auf dem Zaune hing sein grobwollener Kotzen, daneben ein Säckchen mit einem Stück rauhen Bohnenbrotes und einer Butterschachtel, das Mittagsessen des ehrwürdigen Alten.

Ich rief ihn an: »Wie geht's?«

Er strich das sparsame graue Haar aus der hohen Stirn und betrachtete mich mit den großen wasserblauen Augen, als ob er sich erst besinnen müßte. »Ja ja,« sagte er endlich, »jetzt kenn' ich Euch erst wieder, Ihr seid ja der Steindlnarr, – verzeih' mir's Gott, daß ich Euch so heiße, aber die Leute nennen Euch so, weil Ihr alle Felsen abhämmert; wo kommt Ihr her?«

»Vom Unutz. Ich bin durch die Runse herab, und hab' Eure Hütte gesehen!«

»Meine Hütte? Ihr schnuffelt doch alles aus! Ich bin jetzt viele Jahre nicht mehr dort gewesen, muß aber vor meinem letzten End' doch noch einmal hinauf und dem Herrgott danken. Nun – Euch geht die Sache gerade nichts an.« Er fing wieder an zu klopfen, plötzlich stützte er sich auf den Stiel des Hammers: »Ist sie noch nicht aus den Fugen?«

»Einige Pfähle stehen noch, sonst ist alles ein Trümmerhaufen.«

»Gerade wie ich!« murmelte er, »behüt' Euch Gott!«

Ich kannte den alten Klaus zu gut, um noch eine Antwort von ihm zu erwarten, und eilte der Scholastika zu.

Wer noch nie einen Nachmittag auf ihrer Terrasse vorn am See zugebracht hat, folge ja recht bald meinem Beispiel, hier ist einer der anmutigsten und stillsten Erdwinkel, die ich kenne. Vom Südwind leise bewegt, rauschen die Wogen des blauen Sees an das Ufer, und neben dir steht Moidele, das hübsche Mädchen, mit goldenem Haar, und plaudert mit den Wellen lustig und heiter um die Wette. Ab und zu füllt sie das Glas mit feurigem Rotwein, oder wechselt die Teller und stellt dir ein Stück Auerhahn, Reh und blaugesottene Forellen auf den Tisch. Von Zeit zu Zeit schaut die behäbige Wirtin Scholastika nach, ob es dir wohl auch gut gehe und für dein irdisch Teil ordentlich gesorgt sei.

Mir lag indessen dieses Mal weniger an Scholastika und Moidele, als an Lena, der Chronik von Achental.

»Lena, Lena, Lena!« und im Chor von Scholastika und Moidele noch einmal »Lena!« Endlich trat sie zu mir, angekündigt vom Klirren des Schlüsselbundes; ich teilte ihr mein Begehren mit, sie schüttelte jedoch bedenklich den Kopf und meinte: »Bei Ihnen darf man eigentlich dem Landfrieden nie trauen, Sie sind leicht wieder imstande und lassen mich drucken, wie in Ihrem Buche ›Aus den Tiroler Bergen‹. Da fragen mich die Fremden: ›Ist's wahr, daß Sie im Winter Homer, Goethe und Schiller lesen?‹ ich muß mich schämen, sage aber stets: Erlogen ist es, alles erlogen, der Doktor lügt ja ganz grausig, wie ein Bote.«

Endlich ließ sie sich doch erweichen und erzählte mir ausführlich, was sie wußte. Obwohl ich es wünschte, konnte ich das Gehörte doch nicht am gleichen Abend niederschreiben; als ich nach meiner Rückkehr zu Innsbruck daran ging, hatte sich mancher Zug von Unmittelbarkeit verwischt, vielleicht wider meinen eigenen Willen manches aus meiner Phantasie angefügt. Was übrigens Lena betrifft, so hat sie viel erlebt und bei einer scharfen Beobachtungsgabe sich manches Ergebnis der Erfahrung zurecht gelegt.

Doch zur Sache.

»Wenn Sie über die Brücke bis zum Baunzner gehen, schließt den Hintergrund des Tales der waldige Mamos. Von den Hügeln, die ihm vorliegen, leuchten jedem drei große, aus Stein gebaute Bauernhöfe entgegen, deren Aussehen auf einen bedeutenden Wohlstand der Besitzer schließen läßt. Sie heißen: Beim untern, mittlern und obern Nidinger. Die Bauern sind nahe verwandt und gemeinsamen Stammes. Ihrem Urgroßvater, vielleicht reicht es auch weiter zurück, zeigte ein Venedigermandl, das er mit einer geweihten Stutzenkugel vor dem Rachen einer Schlange gerettet, zum Danke das Goldbrünnlein auf dem Sonnenwendjoch. Dieses fließt über einen grauen Letten, der, wenn man ihn zu Hause trocknet, ganz von Goldflinserln schimmert. Da holte sich nun der alte Nidinger, so viel er zu schleppen vermochte, und hatte er wieder etliche Zentner beisammen, so fuhr er mit dem Kohlenwagen nach Brixlegg in das Hüttenamt, wo man ihm das edle Erz teuer bezahlte. Als er grau zu werden anfing und an die vier letzten Dinge dachte, entschloß er sich, den Söhnen die Quelle des Reichtumes zu zeigen. Diese waren jedoch liederlich; je mehr der Vater Geld herbeischleppte, desto mehr verputzten sie. Das machte ihm viel Kummer und er verschob deshalb die Erfüllung seiner Absichten von Tag zu Tag, von Woche zu Woche, mochten auch die Buben schmeicheln, wie sie wollten. Endlich beriet er sich mit einem Geistlichen und vollführte treulich, was ihm der empfahl. Er kaufte Grund und Boden zusammen, rodete Wälder aus und baute die drei Höfe. An seinem Geburtstage behielt er die drei Söhne nach dem Essen bei sich und sagte ihnen:»Jeder von euch erhält ein Gut; dem, der es drei Jahre hindurch am besten bewirtschaftet, zeige ich das Goldbrünnlein, bis dahin kriegt aber keiner einen Kreuzer, der ihn nicht verdient.« Da hättest sehen sollen, wie die arbeiteten, nirgends waren die Felder so gut bestellt wie bei den Nidingern; Rindvieh und Schafe gediehen, daß sie bei der Leonhardskapelle stets den Preis davontrugen. Der dritte Geburtstag brach an, aber der Alte war verschwunden. Statt seiner erschien der Abt von Fiecht und sagte den Buben:»Auf euren Vater braucht ihr nicht mehr zu warten, ebenso dürft ihr euch keine Mühe geben, das Goldbrünnlein aufzuspüren. Es ist verschüttet für immer. Jeder von euch hat zu leben, wenn er arbeiten will, und ihr seid auch, das muß man bestätigen, die bravsten Bauern vom Tal. So wollte euch der Vater; das ist Gott wohlgefälliger als Reichtum, der mißbraucht wird. Aber auch an eure und seines Geschlechtes Zukunft hat er redlich gedacht und eine Kirche gestiftet, die den Nießbrauch gewisser Grundstücke so lange zieht, als keiner von euch ohne seine Schuld verarmt. Tritt dieser Fall ein, so darf er den Anspruch auf ein Drittel des Betrages erheben, bis er sich erholt. So ist's, da liegt die Urkunde. Euer Vater hat sich eine Zelle in einem Kloster ausbedungen, dort hofft er ein seliges Ende zu erlangen. Ist er abgeschieden, werd' ich es euch sagen, damit ihr für sein Heil in der andern Welt Messen zahlen könnt. Seid brav und gottesfürchtig wie er, und jetzt kniet nieder und nehmt durch mich seinen Segen.« Die Bauern knieten schluchzend nieder, jeder gelobte sich im stillen zu tun, wie der Vater befohlen – sie sind auch rechtschaffen geblieben. Ihr Stamm pflanzt sich in Ehren fort: wie der Vater, so der Sohn.

Der mittlere Nidinger hatte einen Buben und eine Tochter, das Burgele. Obgleich sie erwachsen waren und sehr brav arbeiteten, reichten ihre Kräfte doch nicht aus, das weitschichtige Gut ordentlich zu bewirtschaften. Der Alte dingte deswegen zu Georgi einen Knecht, unsern Klaus. Er war ein bildsauberer Bursch, daß ihm die Mädeln auf der Straße nachguckten, ebenso flink beim Tanz als beim Mähen; rechtschaffen in allen Stücken schaute er auf das Gut seines Herrn, wie auf sein eigenes. Doch da hatte er freilich nicht viel zu schauen; unehelicher Sohn einer Bauerndirne, die starb, als er eben ausgeschult war, lernte er bald, wie bitter es sei, fremdes Brot zu essen, erlangte aber auch das stolze Gefühl, daß, wer von eigener Arbeit lebe, selbst dem, der ihm das Brot dafür gibt, völlig gleichberechtigt sei und sich vor ihm nicht zu demütigen brauche. Mit diesem Grundsatz kam er freilich nicht überall zurecht und verließ daher manchen Dienst, wo ihm ein hochmütiges Bürschlein auf den Fuß treten wollte, aber von jedem Haus schied er mit vollen Ehren. Der Nidinger, selbst ein tüchtiger Charakter, wußte ihn zu schätzen, Burgl lernte bald ihn lieben. – Und auch er vergaß, wenn er dem netten Dirndl in die nußbraunen Augen guckte, nur zu bald, daß er nichts sei als ein armes Knechtl, dessen ersparte Kreuzer kaum ausreichen würden, eine Kuh zu kaufen. Das Mädchen dachte nur an ihn, an ihn allein, er aber hatte zu viel erfahren und gelitten, daß ihm nicht endlich Bedenken aufsteigen sollten. Was wird der Nidinger sagen? Er konnte es nicht länger mehr über das Herz bringen, den alten Mann, der ihn in ganz anderer Absicht aufgenommen und stets liebreich behandelte, zu täuschen, aber das Reden war ebenso schwer. Nur noch bis zum Herbst wollte er warten, Nidinger sollte ihn ganz kennen lernen, die Kraft seiner Arme war ja auch ein Kapital, das mit Gottes Hilfe Zinsen tragen konnte. Aber Feuer und Liebe, wer kann die verbergen? Dem Alten ging, wie er sich ausdrückte, längst schon der Hund vor dem Licht um. Doch wer ehrlich ist, sucht andere nicht hinter dem Ofen, daher traute er auch Klaus keine Schlechtigkeit zu. Es war im Juli beim Heuen. Was eine Hand regen konnte, führte die Sense und in langen Schwaden trocknete das Gras an der glühenden Sonne. Die Arbeiter blickten oft nach dem Schatten eines Ahorns, ob er nicht von West nach Osten vorrücken und ihnen endlich die Raststunde zwischen Vor- und Nachmittag verkünden möchte. Das war ihre Uhr, denn vom Dorfe herauf hörte man keinen Glockenschlag. »Laßt jetzt gut sein!« rief endlich der alte Nidinger, und die Sensen sanken zu Boden. Die Mäher zogen sich unter das breite Laubdach des Baumes zurück, nur Klaus eilte auf die mäßige Hohe vor der Wiese, um auszuschauen, ob Burgl nicht bald das Essen bringe. Da stieg sie auf der Seite des Abhanges langsam empor, auf dem Kopf einen Korb mit einem weißen Tuch überdeckt, zwischen dem Weidengeflecht guckten die braunen Schmalznudeln durch, in der Hand trug sie eine zinnerne Flasche mit saurer Milch als Labung in der Hitze des Tages. Klaus sprang ihr entgegen, er nahm ihr das schwere Geschirr aus der Rechten; wie sie aber mit der Linken nach dem Korbe griff, um ihn im Gleichgewicht zu halten, ließ er die Gelegenheit nicht unbenutzt und gab ihr rasch einen Kuß. Er hatte nicht bemerkt, daß ihm der Alte folgte, im weichen Gras hörte er auch dessen Schritte nicht; dieser nahm schweigend den Hut ab, kratzte im Haar und ging, ohne sich bemerkbar zu machen, rasch zurück. Auch während des ganzen Nachmittags verriet er mit keinem Laute, was er beobachtet.

Klaus lag nachts schon in tiefem Schlafe, und wohl auch im ganzen Hause mochte kein Auge mehr offen sein, da wurde er plötzlich von einer rauhen Hand gerüttelt. Erschrocken fuhr er auf, neben seinem Bette stand der alte Nidinger und forderte ihn auf, sich rasch anzukleiden. Willig gehorchte Klaus, der glaubte, er müsse vielleicht noch irgend ein Gerät zum Schmiede tragen, damit man es morgen zeitig erhalte. Als er fertig war, stellte der Bauer die

Lampe auf den Tisch und zog einen Schlüssel aus dem Sack. »Du hast mit der Burgl angebandelt?« begann er.

Klaus schwieg.

»Du brauchst nicht zu leugnen, ich habe es ja selbst gesehen, gesehen mit diesen Augen.«

»Wer sagt dir denn, daß ich leugnen will? Wo hab' ich je gelogen?«

Der Bauer trat überrascht einen Schritt zurück.

»Wenn man freien will, muß man die Trauung zahlen können, und ist die bezahlt, braucht man Geld für den Haushalt, wo hast du das?«

Klaus erwiderte mit einem finstern Blick.

»Ja, sei nur trotzig,« fuhr jener fort, »wie alle, welche ein Unrecht anrichten.«

»Ein Unrecht? Zwar hat es mich lang' gedrückt, daß ich mit dir nicht reden konnte, für den Herbst war es jedoch mit Wallburg ausgemacht; ich sollte vor dich hintreten und sie fordern. Arbeit ist auch was wert und arbeiten kann ich, das mußt du selbst bezeugen, übrigens würdest du wohl auch der Wallburg mitgeben.«

»Das sind die rechten Schwiegersöhne, die ihrem Weib an der Schüssel hocken wollen. Hab' ich denn nicht auch einen Buben? Er muß Stamm und Namen fortpflanzen, bei ihm bleibt das Gut, und zwar ohne Schulden. Das Mädel kriegt nicht viel, die soll was Rechtes lernen, damit sie ihren Mann findet, der sie heimholt und erhält. Als Bauernsohn solltest du wissen, – doch Bauernsohn, was red' ich da!«

Klaus maß ihn mit funkelnden Augen, er hob den Arm, ließ ihn jedoch rasch wieder sinken.

Dieser hatte die Bewegung beobachtet und sagte: »Ich will dich nicht verhohnekeln, im Gegenteil, wenn du deinen Spruch: ›Der Mann tut selbst!‹ zur Wahrheit machst, ehr' auch ich den Mann in dir. Bis dahin hat es noch weit. Wir wollen übrigens die Zeit nicht länger verschwätzen, der Wagen am Himmel hat sich schon gedreht. Du verläßt mein Haus augenblicklich, Lohn und Kleider schick' ich dir zum Mohrenwirt nach Schwaz. Eines aber versprich mir noch: du läßt die Sache auf sich beruhen und gibst dem Mädel nie eine Nachricht von dir. Versprich mir's!«

»Nein,« antwortete Klaus ruhig und fest. »Dieses wär' Unbill gegen Wallburg und mich selbst. Du hast kein Recht, das von mir zu verlangen, und ich hab' keine Pflicht gegen dich, es zu erfüllen. Merk' dir, was ich jetzt sage, und ich schwör' es zu halten: Wallburg bleib' ich treu wie ein gewissenhafter Bräutigam der Braut, sie soll das erfahren, und nur wenn sie mich meines Wortes entbindet, erkenne ich mich frei. Ich bleib' ihr treu bis zum letzten Atemzug, du wirst sehen, daß auch ein armer Mensch es zu etwas bringen kann. Vielleicht brauchst du mich noch!«

Der Bauer lächelte.

»Mag' es der Himmel fügen, daß du mich brauchst, – Wallburg ist deine Tochter, ich werde dann daran denken.«

Er nahm den Hut und ging ohne Abschied fort.

Der Alte trat auf den Söller, um zu wachen, daß Klaus nicht zum Fenster des Mädchens emporsteige, um Abschied zu nehmen.

Dieser bemerkte ihn und rief zurück: »Leg dich nur zu Bett, die Ruhe Wallburgs ist mir heilig!«

Die dunkle Nacht nahm ihn auf, bald hörte man nur mehr den Hall seiner Tritte.

Er kam an der Mauer des Friedhofes von Achenkirch vorbei. Kein ihm teurer Toter schlummerte hier, er öffnete aber dennoch das Gitter und trat herein.

Oben zogen klar und leuchtend die Sterne, er kniete auf einem Stein nieder, faltete inbrünstig die Hände und rief die armen Seelen im Fegfeuer an.

»Ihr wißt ja auch da drunten,« seufzte er, »wie Leiden tut; die Reichen, solang' sie ihren Grund und Boden treten, kennen das freilich nicht. Heilige Mutter Gottes, erlöse sie, damit sie vor dem Throne deines Sohnes fürbitten, daß auch ich von meinem Leid erlöst werde.« Schwere Tränen rollten auf seine schwieligen Hände.

Da schlug es dumpf zwölf Uhr ... ein Schauer durchrieselte ihn, er wollte aufstehen und fortgehen. Noch einmal faltete er die Hände. »Das ist die Stunde, wo ihr aus den Gräbern dürft ... ich brauch' euch nicht zu fürchten! Heilige Mutter Gottes, erlöse sie und tröste meine Wallburg.«

Plötzlich war es ihm, als taue überirdischer Trost in seine Seele ... er empfand den Segen eines aufrichtigen Gebetes. Beruhigt erhob er sich. Er wollte bei einem ihm bekannten Bauern sich ein Nachtlager erbitten, gab jedoch seine Absicht auf, um sogleich nach Schwaz zu gehen.

Für Wallburg brachen traurige Tage an. Am nächsten Morgen teilte ihr der Vater mit, was vorgefallen, nicht ohne strenge Vorwürfe, daß sie sich in diesen Handel eingelassen. Sie erwiderte: »Alle haben ihn geschätzt und geliebt, und ich sollte ihn nicht gern haben?«

»Schlag dir die Sache aus dem Kopf,« sprach der Alte unmutig, »da wird nie etwas draus.«

Sie schwieg und damit hatte die Sache vorläufig ein Ende, denn er berührte sie mit keinem Worte, indem er auf das Vergessen rechnete. Dem aber war nicht so; Wallburg war und blieb traurig, niemand konnte sie bewegen, einen Heimgarten oder gar den Tanzboden zu besuchen. »Wenn mir nur irgend jemand von Klaus Botschaft brächte!« dachte sie oft im stillen. Aber Woche um Woche verrann, ohne daß sie etwas von ihm hörte, kein Mensch redete mehr von ihm, als ob er längst gestorben wäre. Dem Alten entging ihr Zustand nicht, er war überzeugt, daß Vorstellungen und Zureden nichts nützen würden, und beschloß, einen anderen Weg einzuschlagen. Der Nachbar Angerer hatte einen Buben, den Naz, der schon lange Wallburg umschlich, aber von ihr auch nicht im mindesten beachtet wurde. War er Nidinger zwar nicht gerade willkommen, so ließ sich gegen ihn doch nicht viel einwenden; er hatte Aussicht, als einziger Sohn einmal das Gütchen seines freilich noch rüstigen Vaters, der vorläufig zum Abdanken wenig Lust zeigte, zu übernehmen; bezüglich Gestalt und Sitten gehörte er zu jener großen Mittelklasse, die im Guten wie im Schlechten am wenigsten durch die Mäuler der Leute läuft. Angerer konnte seine Arme leicht entbehren, er und die Töchter reichten für Haus und Feld aus, und so ging er mit Freuden auf den Antrag Nidingers ein, ihm den Burschen als Knecht zu schicken. Schon am nächsten Morgen lief dieser freudestrahlend, das Bündel unter dem Arm, daher, war ihm doch nichts erwünschter, als mit Wallburg unter einem Dache zu wohnen. Die Wonne währte aber gar nicht lange. Sie trumpfte ihn, als er sich ihr nähern wollte, so scharf ab, daß ihm die Lust verging, sie noch einmal anzureden.

Einige Tage darauf, nachdem er sich von dem ersten Schreck erholt, lief bei dem Gemeindevorsteher ein Schreiben mit dem bayerischen Amtssiegel ein. Wie ein Lauffeuer verbreitete sich die Nachricht, daß bis zum ersten November 1808 eine Truppenaushebung stattfinden solle, wobei alle Burschen vom vollendeten neunzehnten bis zum zweiundzwanzigsten Jahre losen müßten. Das war ein großer Jammer, nicht bloß im Tal, sondern durch ganz Tirol, wo bisher kein Zwang zum Waffendienste galt. Was half aber das Murren? Man tröstete sie auf den nächsten Frühling, und ballte vorläufig die Faust im Sack. Der Gemeindevorsteher vollendete die Listen, ein Anschlag am schwarzen Brett lud die Pflichtigen auf den Sonntag zum Riederer neben der Kirche. Da war der Tanzsaal gesteckt voll, es rührte jedoch keiner von den Burschen, die sich hier oft lustig getummelt, einen Fuß, sondern sie starrten in banger Erwartung auf den Tisch, hinter dem ein leerer Stuhl stand. Der Gemeindevorsteher trat ein, sein betrübtes Gesicht verkündete nichts Gutes, hinter ihm trottete der Schullehrer mit einem Bündel Akten unter dem Arme. Jener hustete und begann dann seine Rede:»Warum ihr da seid, wißt ihr; jetzt werd' ich die, welche da sein sollen, verlesen und wenn sie da sind, schreit jeder: hier! wie in der Schule.« – Er verlas das Verzeichnis – Hier! – hier! – hier! Keiner fehlte.

»Es ist zwar eine wüste Geschichte,« fing er von neuem an, nachdem er sich mit dem Rockärmel den Schweiß von der Stirne gewischt,»aber weil es halt eine wüste Geschichte ist, so müssen wir, hat der Aschbacher beim Zoll gesagt, folgen, sonst wird es noch wüster. Richtet euch halt, die's trifft, auf den 30. Oktober, das ist der St. Wolfgangstag, her und kommt hier zusammen, die Gemeinde läßt euch auf Leiterwagen bis Schwaz führen und dort müßt ihr losen. So will's der Napoleon, aber wart' nur! Im Frühjahr wollen wir dem Saggeraschwanz schon helfen. Jetzt geht und sagt niemand etwas.«

Diese Rede verfehlte ihren Eindruck nicht. »Ja, helfen wollen wir dem Saggeraschwanz!« klang es im wilden Wirrwarr der Stimmen, als die Burschen zur Tür hinausschoben.

Am gefürchteten Tage des Abschieds klangen schon früh die Glocken vom Turme, der Pfarrer wollte eine feierliche Messe halten, ein Totenamt, wie manche, Übles vorausahnend, meinten. Die Kirche war gedrängt voll, wie kaum zu Weihnachten oder Ostern, alle beteten andächtig, die Mütter machten heimliche Gelübde. Wenn das Los ihren Sohn nicht traf, fiel es auf einen anderen, denn das Regiment forderte unerbittlich seinen Blutzins. Als der letzte Segen erteilt war, standen vor Riederers Wirtshaus bereits drei Leiterwagen mit Brettern über quer, welche grobe Kotzen deckten; Bogen aus Fichtengezweig, die sich darüber wölbten, verliehen dem Ganzen einen festlichen Ausdruck. Auf dem ersten saß der Postillon in seiner bunten Tracht und blies lustige Fanfaren über die Szene eines traurigen Abschieds. Dort machte ein Mütterlein dem Sohne, zu dessen Stirn es kaum hinaufreichte, das Zeichen des Kreuzes; seitab knüpfte ein Dierndl, das die Scheu vor den Zuschauern überwunden, dem Herzensschatz einen Strauß von Rosmarin auf den Hut; Geschwister reichten sich die Hand; ... nur Wallburg hatte niemand, dem sie ein freundliches: Behüt Gott! sagen konnte. Da trat Naz zu ihr: »Willst du mir nicht einmal heut' ein Blumensträußchen schenken?«

»Ich wünsche dir gewiß alles Gute,« erwiderte sie, »Strauß kriegst du keinen, es geht ein Besserer als du mit dem leeren Hute herum. Nimm mir nichts für ungut.« Sie bot ihm wehmütig lächelnd die Hand, er drückte sie und verlor sich unter der Menge.

Der Gemeindevorsteher machte der Versammlung ein Ende, indem er zum Aufbruch mahnte. Noch einmal wiederholten sich kurz alle Szenen des Scheidens ... das Posthorn tönte, die Peitsche knallte und die Burschen schwangen sich auf die Wagen.

Die Rosse flogen vorwärts, die Bauern hatten ihre besten vorgespannt. Noch ein Gruß mit Hand und Hut, der Zug war verschwunden.

Zu Schwaz waren alle Wirtshäuser voll, überall Jauchzen und Becherklang, durch die Gassen taumelten trunkene Rekruten, oder tänzelten und schnalzten, während ihnen das Weinen nahe war und zeitweilig vorbrechend wieder ausgelassener Lustigkeit wich. Das dichteste Gedränge wogte vor dem Landgericht auf und ab, wo etliche Gendarmen nur mit Mühe die Ordnung aufrecht erhielten.

»Jetzt spielen die Schwazer!« drang der Ruf über die Treppe hinunter.

»Wen hat's getroffen?« erscholl die laute Frage; verworrene Stimmen nannten verschiedene Namen.

»Jetzt die Jenbacher!« Neue Bewegung unter den aufgestauten Massen. Da fuhren die Achentaler vor. Der Gemeindevorsteher stieg ab und wurde mit seinen Burschen von einem Gendarmen über die Stiege in den Saal geleitet. Dieser war durch eine Barre in zwei Räume geteilt. Im kleineren befand sich ein leerer Tisch mit einer Urne darauf. Hinter diesem thronte in blauer Uniform der Landrichter mit zwei Gendarmen, nach Laune den Bauern grobe Schimpfwörter entgegenschleudernd, wie es die Vasallen Napoleons von dessen Schergen schnell gelernt hatten. Am schmalen Ende rechts saß ein Schreiber mit dem Protokolle, links verlas der Vorsteher jener Gemeinde, welche die Reihe traf, die Namen der Burschen, diese traten einer nach dem andern mit Armesündergesichtern vor und griffen in den verhängnisvollen Topf: stürmischer Jubel, wenn eine hohe Zahl gezogen wurde, meist lautes Jammergeheul im entgegengesetzten Falle.

Der Gemeindevorsteher von Achental trat an die Schranke, der Landrichter warf ihm einen verächtlichen Blick zu:»Kerl soll warten.«

»Das waren wir früher nicht gewohnt!« flüsterte dieser dem Vorsteher einer benachbarten Gemeinde zu; der Landrichter hatte es gehört. Wütend schrie er:»Was, ihr Hunde, räsonieren? Ich will euch dressieren, ihr bigotten Canaillen; das sind die Pfaffen, die euch gegen die Obrigkeit aufwiegeln, man wird aber diesen Kujons die Krallen stutzen.«

Die Männer hielten seine wütenden Blicke ruhig aus, dunkle Röte flog über ihr Gesicht, keiner erwiderte.

Endlich kam die Reihe an die Achentaler. Das Los traf unter anderen den jungen Angerer, Tränen schwammen in seinen Augen, die Träume einer schönen Zukunft versanken schonungslos. Von den Burschen, die an die Urne traten, verfielen zwölf dem Regimente, zehn derselben können Sie auf der Holzpyramide im Friedhof rechts an der Wand lesen; keiner sah die Heimat wieder, sie gingen 1812 schmählich zugrunde. Die Achentaler verließen den Saal, unten an der Treppe stand Klaus, der sich bei der Ziehung für Schwaz freigespielt hatte. Er musterte mit scharfem Auge den Zug. »Hat es dich getroffen?« redete er den Sixten Anderl an, der leichenblaß neben seinem Vater herging. »Ja freilich!« erwiderte dieser weinend. »Ich ließ' es mich wohl was kosten, wenn ich den Buben freibrächte.«

»Schau dir um einen Einstandsmann!«

»Wo? Jetzt gibt es bald wieder Krieg, wer verkauft da sein Leben?«

»Was tät'st geben?«

»Tausendfünfhundert Gulden auf der Stelle!«

»Dafür kriegt man ein kleines Gütl im Achental. Das Geld her, ich geh'!«

Sixt maß ihn wie einen Halbverrückten mit großen Augen.

»Das Geld her! ich geh'!« rief Klaus noch einmal.

»Wenn das ist,« sprach der alte Sixt freudig, »so lassen wir uns beim Mohrenwirt eine leere Stube aufsperren und machen den Handel ab!«

»Gut! Der Anderl muß aber noch eine Bedingung erfüllen.«

»Durchs Feuer geh' ich dir!« rief der junge Bursch!

»Brauchst dich nicht zu verbrennen. Du gibst Nidingers Wallburg einen Brief, den ich dir durch die Botin schick', aber heimlich. Willst du?«

»Zehn, nicht bloß einen!« antwortete Anderl.

Sie gingen in das Wirtshaus.

Am Allerseelentag schmückte Wallburg die Gräber ihrer früh verstorbenen Mutter und Geschwister mit einfachen Laubgewinden und Kränzen. »Hast ein trauriges Geschäft,« unterbrach sie Anderl, der sie eine Zeitlang beobachtet hatte, »aber ich will dir eine Freud' machen und gewiß keine kleine.« Er schaute sich sorgfältig um, ob niemand in der Nähe sei, und überreichte ihr den Brief von Klaus. Sie ließ die Schürze mit den Blumen fallen, griff hastig danach und erbrach das Siegel.

»Mein herzliebes Madel!

Wie es mir im Achental ergangen ist, kannst Dir leicht vorstellen, denn Dein Vater wird Dir wohl alles gesagt haben. Wenn er etwa über mich geschimpft hat, was ich ihm nicht zutrau', denn er ist sonst ehrlich, so hat er gewiß nicht recht getan. Was Du derweil getan haben wirst, weiß ich wohl selber, es ist Dir auch so herzschlachtig gewesen wie mir. Ich hab' mir zuerst um ein Dienstl g'schaut und ist recht gut gangen, daß ich bereits einige Gröscheln zurücklegen konnte. Das ergibt aber nicht viel. Dann ist das Spielen auskommen und es hat mich nicht getroffen, wär' mir aber fast gleich gewesen; denn du bist doch nur ein armseliges Knechtl und kriegst das Burgele nicht, hab' ich mir denkt. Nachher ist mir aber etwas eingefallen, wenn mir's nicht etwa gar die Mutter Gottes eingegeben hat. Der Sixt und sein Bub' haben zusammen geweint auf der Stiegen, weil er schlecht zogen hat und der Alte gäb' wohl etwas für einen Einständler. Ich hab' eingeschlagen und tausendfünfhundert Gulden gekriegt. Und ist mein Gedanken g'wesen, dafür kaufst, wenn du ausdient hast, ein Gütl und heiratest das Burgele, denn Dein Wille steht gewiß auch aufs Treubleiben. Es wird jetzt Krieg und weiß nicht, was geschehen kann, aber wir müssen halt ein festes Vertrauen zu den armen Seelen und den vierzehn Nothelfern haben. Dann wird es schon werden. Freilich könnt' ich zu einem Krüppel geschossen werden. Aber das nimmst nicht übel, denn ich hab' Dich, wenn ich auch dann nicht mehr schön und stark bin, mit meinem Blut gekauft. Bin ich tot, so werd' ich im Himmel warten, bis Du nachkommst, und Gott Vater hat gewiß nichts dagegen, wenn wir uns droben als rechtschaffene Liebhaber gern haben. So ist's und jetzt weißt alles. Ich bin zu Innsbruck schon in die Kasern eingeruckt und einen blauen Kittel haben sie mir auch schon angelegt, Freud' macht es mir just keine, aber ich trag' es Dir zulieb. Die andern weinen noch immer und sind Buben aus dem ganzen Land beieinander.

Wenn Du meinst, so gib diesen Brief Deinem Vater, er soll ihn lesen, damit er sieht, daß ich kein schlechter Kerl bin und nichts heimlich hinter seinem Rücken will.

Das Geld werd' ich fest hinterlegen und ein Testament dazu, daß Du es kriegst, wenn ich tot bin.

Abmarschieren tun wir morgen nach München, wo wir exerzieren sollen.

Bet für mich und denk zu Weihnachten, wenn Du den Zelten anschneidest, an mich; wir können es nicht miteinander tun, wie es der Brauch ist.

Also behüt' Dich Gott!
Dein aufrichtig treuer Nicolaus Mayr, bayrischer Soldat.«

»Vergelt dir's Gott,« sagte Wallburg zu Anderl, »jetzt weiß ich, wie ich darin bin, und ist alles recht.«

Von diesem Tage an kehrte die alte Fröhlichkeit in ihr Herz zurück, sie fand sich wieder bei Tanz und Kirchweih ein, wenn sie auch jede Bewerbung ablehnte. Er war ihr ja treu! Dies genügte ihr, dem Vater gegenüber schwieg sie, nicht aus Furcht oder weil sie etwas verheimlichen wollte, sondern in der Überzeugung, daß bei ihm ebensowenig etwas zu ändern sei, als bei ihr.

Zu Weihnachten überreichte der Korporal unserem Klaus ein Kistchen; ein Tiroler habe es für ihn der Wache übergeben. Er setzte sich aufs Bett und sprengte den Deckel. Da duftete ihm ein Zelten entgegen; auf der braunen Kruste von Teig, welche getrocknete Birnen, Nüsse, Weinbeeren und Zibeben einschloß, waren zwei Herzen eingedrückt. Ehe er ihn anschnitt, küßte er vor Freuden diesen Brief seiner Wallburg. Dann zog er das Messer, allein die Klinge stieß auf etwas Hartes, er brach den Laib auseinander, ein alter Leopoldtaler rollte auf seinen Schoß. »Du lieber Gott,« dachte er, »schickt mir Burgele gar vom Schatzgeld, das sie bei der Taufe oder Firmung geschenkt erhielt.« Den Taler wickelte er sorgfältig in Papier; eher, als dafür etwas gekauft, hätte er Stroh gegessen!

Der Frühlingssturm von 1809 brauste über das Land: welch ein Jubel, als die französischen Adler aus diesen Tälern flohen! Bald jedoch sollte der Gegenschlag folgen. Von allen Seiten rückten an die Pässe Tirols die feindlichen Scharen, mit einem unwiderstehlichen Stoße drang der Herzog von Danzig und Wrede durch das Unterinntal vor. Klaus diente unter diesem in einem Bataillon leichter Jäger. Tapfer kämpfte er bei Wörgl gegen die Österreicher und hatte sogar Aussicht auf eine Medaille; als er aber den Tirolerschützen bei Kropfsberg gegenübertrat, zitterte sein Arm und irrte die Kugel, obwohl man ihm gelehrt hatte, seine Landsleute als nichtsnutzige Rebellen zu betrachten.

Unwillig sah er zu, wie elf derselben an die Eschen vor der Zillerbrücke gehängt wurden; beim Mordbrande von Schwaz rief er aus: »Wenn es einen Gott im Himmel gibt, so muß er diese Unmenschlichkeit strafen.« Die Kameraden verhöhnten ihn. Da begann seine Überzeugung zu wanken, er wußte nimmer, wo Recht sei, wo Unrecht, und beschloß einen Geistlichen um Rat zu bitten. Es war der Pater Augustin, ein versprengter Mönch von Ficht; wohlwollend nahm er ihn auf und begann, nachdem er sorgfältig umgeschaut, zu fragen: »Was meinst du, warst du zuerst ein Tiroler oder ein Soldat?«

»Ein Tiroler!«

»Gab es ein Tirol eher als einen Napoleon?«

»Freilich!«

»Gilt ein Volk mehr als ein fremder Würgengel?«

Klaus stutzte, nach einigem Besinnen sagte er: »Ja!«

»Kann man die Pflichten gegen sein Volk abschwören, wenn man diesem zugehört?«

»Nein!«

»Nun, dann weißt du, was du als Tiroler zu tun hast! Überdies bist du nicht bloß ein Tiroler, sondern auch ein Katholik. Da solltest du wissen, daß der Papst Napoleon und seinen Anhang verflucht hat; willst du an diesem Fluche teil haben und in die Hölle fahren?«

»Mögen mich die armen Seelen davor bewahren!«

»Nun weißt du auch, was du als Katholik zu tun hast. Wenn dich noch ein Zweifel plagt, so schau hinaus auf die rauchenden Trümmer von Schwaz und erinnere dich an all die scheußlichen Greuel und Todsünden, von denen du Zeuge warst.«

Klaus erhob den Blick. »Macht ein Kreuz über mich, ich hab' genug!«

Der Geistliche segnete ihn und schenkte ihm ein geweihtes Skapulier.

Als er zu seiner Kompagnie zurückgekehrt war, erzählte er den Tirolern in derselben, was er gesehen und gehört, mit dem vollsten Tone der Überzeugung. Er dachte an keinen Lauscher; die Bayern waren jedoch mißtrauisch, einer hatte dem Gespräche zugehört und berichtete dem Hauptmann. Der schöpfte Verdacht, als wolle Klaus die Kameraden zum Treubruch verführen, und befahl ihn festzunehmen. Glücklicherweise befand sich dieser gerade nicht auf dem Platze; ein Tiroler konnte ihn warnen, er lehnte das Gewehr an die Mauer, warf den Tornister weg und entrann in rascher Flucht über das Vomperfeld in den Wald, wo ihn der anbrechende Abend vor Verfolgung schützte.

Am nächsten Morgen legte ein altes Weiblein dem Hauptmann ein Bündel zu Füßen.

»Das schickt Euch der Klaus, es ist die ganze Montur drein vom Stiefel bis zur Kappe, damit Ihr ihn nicht für einen Dieb haltet.«

Sie wollte gehen.

Der Hauptmann befahl ihr, zu sagen, wo der Deserteur stecke.

»Das weiß ich nicht,« erwiderte sie unwillig, »und wüßte ich's auch, würd' ich's Euch nicht auf die Nase binden!«

»Packt sie!« befahl er den Soldaten.

»Habt Ihr Schneid' auf ein altes Weiblein?« rief sie spöttisch, »Ihr werdet sie vielleicht recht bald gegen die Schützen brauchen!«

Der Offizier kehrte ihr beschämt den Rücken und ließ sie laufen.

Über das Achental sollte ein Bataillon Franzosen mit zwei Kompagnien bayerischer Jäger vorrücken – unter letzteren Angerers Naz. Am Paß hinter der Glashütte, die dazumal noch von einer Mauer quer über die Straße gesperrt war, erwartete sie der tapfere Schützenmajor Anton Aschbacher, Zolleinnehmer am See; früher in Österreichs Diensten, hatte er dem Hause Lothringen die Treue bewahrt und, einer der ersten, sich an die Spitze des Landsturmes gestellt. Scholastika, seine Nichte, kann noch die Medaille an der goldenen Kette zeigen, mit welcher der Kaiser später seine Dienste belohnte, auch Briefe und Zeugnisse besitzt sie von ihm. Porträt ist leider keines vorhanden; er starb 1812 im Spital zu Langres am Nervenfieber. Das Porträt seines Vaters, dem er sehr ähnlich gewesen sein soll, hängt im Schlafzimmer der Wirtin. Er war ein Ehrenmann, das kann noch ganz Achental bestätigen, beim Seelenamte für ihn haben viele Leute geweint. Aus Frankreich ist gar nichts zurückgekommen, nicht einmal seine Tabaksdose, man kennt ja die unselige Wirtschaft jener Zeit! Der Aschbacher stand also an der Grenze, zu seinen Schützen hatte sich Klaus gesellt. Die Franzosen zappelten bis Nachmittag vor dem Passe und verloren durch die Kugeln der Tiroler viele Leute; sie wären auch gar nicht hereingekommen, da wußte aber Naz, in dem bereits der militärische Korpsdusel rappelte, einen Steig, der von Kreuth über den Schiltenstein zum Hagen in den Rücken der Tiroler führte.

Das Gebirge ist hier überhaupt schwer zu verteidigen, Felsenwände hindern nicht den Zugang und die Höhen sind heimlich gar leicht zu ersteigen. Einige Achentaler beobachteten freilich die Wälder vor dem Mamos, schossen auch einen französischen Offizier und einen Soldaten zusammen, den Naz erkannten sie zu spät, sonst hätt' er Reu' und Leid machen können! – aber sie mußten vor der Übermacht davonlaufen und konnten dem Anton gerade noch rechtzeitig Bericht erstatten, daß er nicht abgeschnitten wurde. Wie eine schlammige Mur ergossen sich die Franzosen in das Tal, Weiber und Mädchen hatten sich mit den besten Sachen auf die Almen geflüchtet, nur alte Männer waren zurückgeblieben, um von den Häusern das Ärgste abzuwenden. Gesindel gibt es jedoch überall, auch im Achental, und so gesellten sich zu den Franzosen bald solche, die ihnen gegen das Versprechen eines Anteiles die reichsten Güter, wo etwas zu stehlen oder zu erpressen war, zeigten. Es läßt sich nicht beschreiben, wie sie die Leute marterten, an den Wehrlosen wollten sie die tapfere Verteidigung des Tales rächen.

Klaus hatte, wie er an den Paß eilte, nicht mehr Zeit gehabt, beim Nidinger nachzuschauen, jetzt vor Abend schlich er durch den dichten Wald zum Stadel vor, um zu spähen. Schon von weitem hörte er ein jämmerliches Geschrei. Dem Zaun nach kroch er auf allen Vieren zur Hintertür. Sie war offen. Er eilte, den Stutzen gespannt, zur Stube. Sie war leer, doch lehnten vor der Bank sechs französische Gewehre. Vorsichtig guckte er durch das Fenster. Drei Soldaten hielten den alten Nidinger auf dem Boden, einer kniete ihm auf der Brust, ein anderer hielt ihn mit der Linken beim Haar, mit dem Bajonett in der Rechten versuchte er ihm das Gebiß aufzubrechen, damit ihm der sechste Mistjauche in den Hals gießen könne. So wollten sie ihn zwingen, sein verstecktes Geld auszuliefern. Klaus hätte mit den Gewehren alle sechs erschießen können, da wäre aber der große Haufe dahergestürmt; er wußte eine bessere Waffe. Hinten im Gange lag der Stampfel, das ist ein schweres Eisen, mit dem man in den Boden Löcher stößt, um die Bohnenstangen einzustecken. Diesen ergriff er, ein Sprung, jeder Schlag ein Tod, die Franzosen hatten gar nicht einmal Zeit aufzustehen. Er lehnte sich veratmend auf die Keule, langsam erhob sich der alte Nidinger und starrte den unverhofften Retter an. »Der Mann tut selbst!« sagte Klaus ernst zu ihm, »doch jetzt ist zu derlei nicht Zeit.« Er ließ das Eisen fallen, riß die Bretter von der Mistgrube und schob mit dem Fuß die Franzosen hinein, einen nach dem andern, Mist zu Miste. Darauf wendete er sich zum Alten: »Wirf Kalk darauf und schlag das Luck gut zu, die reden nimmer, jetzt bist sicher. Vorher haben wir aber schnell etwas anderes abzutun, gehen wir in die Stube.«

Dort zog Klaus einen kleinen Beutel aus der Brusttasche.

»Ich übergeb' dir hier tausendfünfhundert Gulden in Gold als mein Einstandsgeld, dazu hundertneununddreißig. die ich nach und nach erspart. Das Sauregger Gütl ist feil, es kostet zweitausend Gulden, kauf es für mich vorläufig auf deinen Namen; was über mein Geld ist, bleibst derweil schuldig.«

»Ich streck' dir's indes vor. Es trifft ohnehin auf Burgele einmal um etliche Hundert Gulden mehr.«

»Willst du das Geld zählen?«

»Gescheiter ist es, geschieht mir und dir kein Unrecht.«

Sie setzten sich nieder, die Summe war richtig.

»Burgele ist auf der Dalfazzer Alm?«

»Ja!«

»Behüt' dich Gott!«

»Vergelt' dir's Gott!«

Klaus eilte nach dieser trockenen Auseinandersetzung rasch davon; immer dem Waldsaume folgend schlich er am Fuße des Unutz den See entlang, zu den Schützen ober dem Einfang, wo jetzt ein Haus auf dem Vorsprung den See überschaut. Diese hatten sich hier, wo die Straße zwischen dem Wasser und den Wänden hinläuft, gesammelt. Hinter der Brücke, welche von einem Felsenvorsprunge zum andern leitet, jetzt aber bis auf einige Balken abgetragen war, sperrte ein kleiner Festungsturm den Weg. Dort bin ich geboren, jetzt ist freilich nichts mehr davon übrig als ein viereckiger Stein, den man als Andenken neben die Straße legte. Als nämlich Tirol wieder kaiserlich wurde, kauften die Kohlenbauern, denen die Durchfahrt sehr beschwerlich war, einen Zentner Pulver und sprengten den Turm in die Luft. Damals stand er noch; am Felsen hängt ganz unbeachtet ein Holztäfelchen zur Erinnerung an den Wopfner Jörg, der hier in das Wasser fiel und ertrank. Auf dieser Tafel können Sie noch eine Abbildung desselben sehen.

Im Stäbchen des oberen Stockes saß Anton Aschbacher, er konnte von hier alle Bewegungen des Feindes gut überblicken und seine Befehle erteilen. Da erhellte plötzlich ein roter Schein den engen Raum, er sprang zum Fenster und mußte sehen, wie sein Haus am Zoll aufloderte, die Franzosen hatten es aus Rache angezündet. Schweigend stieg er die Treppe hinunter und trat zu den Schützen. »Zwölf von euch,« rief er, »die am besten mit den Stutzen hantieren und Lust zu einem Streich gegen die Mordbrenner haben, sollen mich begleiten.« Alsogleich sammelte sich eine auserlesene Schar, Klaus darunter. Anton führte sie oben durch den Wald und ließ den feindlichen Vorposten ganz unbehelligt auf der Straße stehen. Sehen Sie dort die abgebrochene Lärche, einen Büchsenschuß vor uns? Dort ließ er Halt machen; er sah den Franzosen, die wie die Teufel um den Brand tanzten, einen Augenblick zu, dann verteilte er die Schützen, klatschte in die Hände und zwölf Feinde zappelten auf dem Boden, wie Fische, die man auf den Sand wirft. Nun wirbelte die Lärmtrommel; noch einmal ließ er laden und feuern, dann zog er sich zurück.

Schon in aller Frühe befahl General Martineau den Franzosen den Sturm; dort in der Wiese des Einfangs stellte er seine zwei Kanonen auf. Aber die Schützen ließen sich nicht irre machen, sondern zielten ruhig wie auf dem Schießstande, so daß Straße und Anger bald wie ein Leinfeld blau blühte. Vorwärts ging es nicht, man mußte also zurück. Da ließ der General das aus dicken Bohlen gezimmerte große Frachtschiff aus der Hütte ziehen, eine Kanone und die erfahrensten Jäger darauf stellen, um über den See zu fahren und so die Schützen auf der Seite zu packen. Die schauten erst verwundert drein, als das Schiff langsam und schwerfällig daherkam, bald jedoch begriffen sie, was gemeint war, und zerstreuten sich schleunig an den Felsen, so daß nur etliche zwanzig, teils auf dem Boden liegend, teils hinter die Pfeiler geduckt, zurückblieben. Als die Franzosen sich auf Schußweite näherten, ließen sie es krachen, wobei sie natürlich die Ruderer faßten. Es entstand eine solche Verwirrung, daß das Schiff zu tanzen begann. Die Feinde schossen zwar die Kanone los, allein die Kugel schlug hoch oben in die Felsen, daß die Tiroler laut auflachten. Mittlerweile fing auch der Wind an zu blasen, er trieb das Schiff dort im Winkel an und die Franzosen hatten die größte Mühe, über das Geschröf zu klettern und die Kanone wieder auf das Land zu bringen. Der General fluchte, daß die Sterne hätten herabfallen mögen, aber was nützte es? Er wäre wahrscheinlich mit Schimpf und Schande abgefahren, hätte nicht der Hauptmann den Naz zu ihm geführt, der sich erbot, die Feinde auf die Kögelalm zu führen, von wo sie in breiten Scharen gegen das Niederleger der Kothalm, das bereits hoch oben im Rücken des Turmes liegt, vordringen könnten. Um die Aufmerksamkeit der Schützen abzulenken, beschäftigte sie Martineau durch leeres Geplänkel. Da begann es plötzlich von der Höhe zu krachen. Anton hatte allerdings den Klaus als Feldwebel mit vierzig Mann hinaufgeschickt, aber diese Zahl war viel zu klein, um alles zu decken, und der Turm mußte ja auch gegen die Hauptmacht besetzt bleiben. Klaus hat seine Schuldigkeit ehrlich getan, noch lange sah man von einer Felsenwand einen toten Franzosen herabhängen, den er beim Handgemenge in die Tiefe geschleudert. Der Naz hielt sich hübsch hinter den Stauden, Klaus erblickte ihn, hatte sich aber bereits verschossen. Wütend hob er einen schweren Stein auf, denn er wußte schon, daß er versucht hatte, ihm bei Burgele über den Zaun zu steigen, er warf mit aller Anstrengung und traf ihn an der Schulter, daß der Arm aus dem Gelenke ging. »So, du Hund,« schrie er noch, »jetzt hast du ein Trinkgeld für deinen Verrat.« Dann rannte auch er davon.

So ging der Paß verloren.

Sie fragen, was Wallburg unterdes tat. Die war auf Dalfazz und schaute von einem Felsen dem Gefechte zu; bittere Tränen hätte sie weinen mögen, als sie sah, was es für ein Ende nahm. Von Klaus hatte sie noch keine Nachricht; so sehr er es gewünscht, konnte er sie nicht aufsuchen. Er entrann mit Aschbacher und den besten Schützen in die Riß, wo sie sich aufhielten, bis die Schlacht am Bergisel geschlagen wurde und der Herzog von Danzig die Flucht ergriff. Da stellten sie sich – das kleine Häuflein! – bei Tratzberg der ganzen französischen Armee auf dem Rückzug entgegen; sie wurden freilich auf die Seite geworfen, schossen jedoch von den Felsen, auf die man sie versprengte, noch manchen Rothösler zusammen. Dort haben es die Tiroler versäumt: wäre der Landsturm losgebrochen und hätte sich an Aschbachers Seite gestellt, die Franzosen wären zugrunde gegangen mit Mann und Maus. Was das Gewitter von 1809 für einen schrecklichen Verlauf und traurigen Ausgang genommen, wissen Sie so gut als irgend jemand. Klaus hat bei allen Schlachten redlich mitgeholfen und oft davon erzählt. Das steht aber auch in Büchern noch viel ausführlicher und genauer. Das letzte Mal war er am zweiten November beim Handkuß, wo der versoffene Firler bei Kranewitten alles verspielte. Ober Büchsenhausen steht das Sprengerkreuz auf dem Bühel, nachts zündet man immer eine Lampe zu seinen Füßen an, dort fielen die letzten

Schüsse. Die Franzosen, die unterdes was gelernt, drangen zerstreut rasch durch das Gebüsch vor und vertrieben die Schützen. Klaus hatte gar nicht Zeit, seinen Stutzen noch einmal zu laden; als er sah, daß nichts mehr zu gewinnen sei, lief er bergauf bis zum Steinbruch. Nun war aber guter Rat teuer, wohin und wo aus? Erwischte man ihn, so kriegte er eine Pille, und zwar keine vergoldete. Alle Wege waren von den Franzosen abgeschnitten, er kletterte daher zur Frauhitt empor, fest entschlossen, eher in der Wildnis zu verderben, als sich wie ein Stier abschlachten zu lassen. Drüben im Gleirschtale fand er eine Schäferhütte, freilich war der Hirt längst abgezogen; er trug Moos zusammen und übernachtete dort. Tags darauf schlug er sich durch Karwendl über Laliders und das Plumferjoch in die Pertisau, wagte jedoch aus Furcht, verraten zu werden, in keinem Hause einzukehren. Seine Kost waren etliche Brosamen, die er aus den Falten des Schnappsackes zusammenklaubte, und überreife Mehlbeeren, welche die Amseln nicht verzehrt hatten. Als es dunkel geworden, schlich er an das Ufer des Sees und löste dort ein Schiff ab. Obwohl der Wind stark zu brausen anfing und das Wasser gar unheimlich im Dunkel rauschte, stieg er doch ein und fuhr bis zum Zoll, wo er das Schiff an das Ufer zog und rasch über die Straße in den Wald eilte. Vorsicht zwang ihn, den offenen Weg, wo vielleicht eine Patrouille streifte, zu meiden, er wagte sich gar nicht einmal in den Friedhof, so gern er seinen besten Freunden in der Not, den armen Seelen, ein Vaterunser gebetet hätte. So gelangte er von Baum zu Baum vor Nidingers Haus. Er legte das Ohr an die Tür, nichts regte sich. An der hinteren Mauer hing eine kleine Leiter, er holte sie und lehnte sie, nachdem er vorher Stutzen und Schnappsack unter der Bank verborgen und die schweren Schuhe abgezogen, an das Geländer des Söllers. Rasch stieg er empor und lauschte wieder am Fenster Wallburgs; es war nur von einem Vorhänge, der sich leise im Winde regte, verschlossen, er hörte die ruhigen Atemzüge der Schlummernden.»Burgl!« rief er – sie regte sich.»Burgl!« Langsam fuhr sie mit der Hand über Stirn und Augen und richtete sich auf, ungewiß, ob sie ein Traum täusche oder wirklich jemand sie anredete.»Burgl!« Er war's, sie stürzte aus dem Bett an das Fenster, ein inniger Kuß verschmolz die Langgetrennten. Er flüsterte:»Weck den Vater, Burgele! wir haben noch gar viel miteinander auszumachen.« Das Mädchen holte den Alten. Er sperrte die Tür des Söllers auf und begrüßte den Eintretenden mit einem Händedruck. Ohne ein Wort zu reden, schlichen sie in die hinterste Kammer, wo Nidinger Licht schlug; endlich kam auch Wallburg verschämt dahergeschlichen. Klaus sah sie lächelnd an.

»Setz dich nur neben ihn,« sprach Nidinger, »ihr gehört jetzt doch zusammen.«

»Burgele,« sagte Klaus, »eh' wir reden, schaust doch nach, daß ich etwas zu essen krieg', es ist fast nimmer auszuhalten vor Hunger.«

Das Mädchen eilte mit einem glimmenden Span in die Küche und brachte auf einer großen Holzschüssel Butter, Brot, Käse und Selchfleisch, während der Alte eine großbäuchige mit Stroh umwundene Flasche Kirschengeist herbeischleppte.

Klaus schlug mit beiden Händen drein wie mit Dreschflegeln, und erst als er seinem Magen genug getan, begann er, die Schüssel auf die Seite schiebend, zu erzählen, was alles geschehen sei und wie es stehe, »Aus dem Landl kann ich jetzt freilich nicht fortschlüpfen und bei euch nicht bleiben, sonst fangen sie mich ab. Aber ich habe schon einen Entschluß gefaßt, dazu müßt ihr mir helfen.«

»Gern, wenn es etwas Gescheites ist,« sagte Nidinger, »verdankt sonst der Sohn das Leben dem Vater, so verdank' ich es dir, und du hast mich von jenen sechs« – er wies durch das Fenster auf die Mordstätte – »zum Vater gekauft, und das Diendl gehört jetzt ohnedem dein, weil du's erhalten kannst.«

Wallburg sah Klaus mit einem innigen, dankbaren Blick an.

»Das ist alles recht,« erwiderte dieser, »gehört sich auch nicht anders, jetzt aber merk auf. Bist einmal beim Unutz durch die Runse gestiegen? Beim Wildern hab' ich dort ein Plätzchen ausgespürt, – noch hält das Wetter einige Tage, ich bau' mir eine Hütte und überwintere; fein wird es gerade nicht sein, aber in Gottes Namen! Apert der Schnee, so entrinn' ich über das Pinzgau ins Österreich!«

»Ja, wie willst du es mit der Heirat halten?« fragte Nidinger.

»Heiraten will ich das Burgele; mit Tirol, so gern ich es hab' und so ungern ich ihm den Rücken kehr', bin ich nicht verlobt. Der Aschbacher Toni hat mir ein prächtiges Zeugnis ausgestellt, wo alle meine Geschichten aufgeschrieben sind, da wird wohl der Kaiser

Franz, für den ich so viel gewagt, mir ein Brodl geben. Ein paar Jährlein wartet das Burgele noch, derweil erspar' ich wieder etwas und dann führst du mir sie zu, denn selber holen darf ich's nicht, weißt schon!«

»Wenn's so ist, kann ich nicht einreden, aber mit deiner Einsiedelei im Wald – das will mir noch nicht recht in den Kopf.«

»Kennst den Berg nicht so gut wie ich, da klettert kein Bayer hinauf. Noch heut' gibst mir Säge, Stemmeisen, Nägel und Richtbeil mit, Burgele steckt mir etwas in den Schnappsack und morgen wird gearbeitet, daß die Späne fliegen. Mit dem Essen, da hab' ich den Stutzen und hol' mir wie früher hie und da ein Gemserl. Alle Samstag' steig' ich nachts zum Schafbachl« – dort steht jetzt das Kreuz, welches Klaus später errichtete –»da kommst mit dem Diendl und ihr bringt mir ein bißchen Schmalz und Mehl, oder, wenn ich es brauch', Pulver. Schreib alles auf, damit wir dann gegenseitig abrechnen können. Übrigens reden wir das alles noch aus.«

»Wenn es dich einschneit!«

»Da heißt es: Vogel friß oder stirb! Mit dem ›Wennen‹ ist mir nicht geholfen.«

»Sie könnten dich aber erwischen!«

»Die armen Seelen verlassen uns nicht, gelt, Diendl?«

Wallburg nickte zustimmend.

»Teufel! ist das nicht der erste Kraht?« rief Klaus horchend.

Der Hahn krähte noch einmal, er sprang auf. Der Alte ging mit ihm in die Kammer, wo die Werkzeuge lagen, die der Landmann zu seinem schlichten Geschäft bedarf. Wallburg leuchtete, Klaus suchte aus, was ihm brauchbar schien, und warf es in die Kraxe. Als er fertig war, hängte er sie an dem Weidengurt über die Achsel und schlich zur Küche. Dort legte ihm das Mädchen noch einen Laib Käs, Brot, Mehl, Salz und Schmalz hinein. Mit einem leisen B'hüt Gott! trat er vor die Tür, deckte die Kraxe mit dem leeren Schnappsack zu, ergriff den Stutzen und schlich über den Bach zum Knüppelweg, der nach Steinberg führt. Der Mond brach klar aus den Wolken, als er das Schafbachl erreichte, das unter der Schlucht, wo er sich ansiedln wollte, entsprang. Etwa tausend Schritte einwärts tief im Wald lag eine Hütte, wo das abgefallene Laub für den Winter gesammelt wurde, er kroch hinein und bald ließ ihn der tiefe Schlaf Not und Elend vergessen.

Der Alte kramte noch eine Weile im Hause umher, plötzlich wendete er sich zu Wallburg:»Sakra! eine Flasche Kirscheler hätt' ich ihm doch auch mitgeben sollen, ja und den Tabak hab' ich gar vergessen, das ist das Beste, was so ein einfacher Mensch haben kann. Mahne mich morgen, daß wir's ihm bringen können.«

Die kalte Morgenluft weckte Klaus aus dem Schlafe; er mußte sich eine Weile besinnen, wo er sei, dann wanderte er entschlossen bergauf. Nach einer Stunde hatte er den Platz erreicht, wo er wohnen sollte. Sorgfältig alles erwägend, wählte er eine kleine Felsenwand, die etwas überhängend die wütenden Nordstürme abhielt und den Bau durch ihre Vertiefung erleichterte. Weil sich noch höhere Felsen dahinter erhoben, so konnte man im Tal den aufsteigenden Rauch nicht sehen, zugleich lag die Stelle außer der Richtung der schrecklichen Lawinen. Er fing nun an Bäume zu fällen, maß mit dem Bindfaden die Länge, schlichtete sie dann mit dem Beil zu vierkantigen Balken und schleppte diese Stück für Stück mit einem Stricke über den Rücken den Felsen empor, wo er sie auf der andern Seite hinunterwarf. Da er nur einen kleinen Raum einzuschließen brauchte, – die Rückwand und zum Teil die Seiten schuf der Schrofen, so rammte er schon nachmittags die Pfähle ein, welche das niedrige Dach tragen sollten, und fügte die Balken zusammen. Die Fugen verstopfte er sorgfältig mit Moos, nur eine Lücke ließ er offen, gerade weit genug, um ein Fensterglas anzubringen. Den kleinen Herd baute er in einen Winkel aus Steinplatten. Nun nahte jedoch die Dämmerung, er stieg zum Bache hinab und lauerte im Gebüsch, bis Nidinger mit seiner Tochter kam. Mit größter Freude erzählte er ihnen, was er bereits zustande gebracht, er verabredete, daß ihm der Alte Bretter liefern sollte. Dies war um so leichter möglich, da er bei einem Bauern in Steinberg Lärchenläden gekauft hatte, die noch immer nicht abgeholt waren. Schon am nächsten Morgen wollte Nidinger mit zwei Ochsen hineinfahren, er konnte dabei manches mitbringen, ohne Aufsehen zu erregen.

Wallburg hatte vorsorglich einen Wollenkotzen und einige Leintücher bereits mitgebracht, er bat sie noch, ihm einen kupfernen Sonnenring, um bei schönem Wetter die Stunden zu messen, und ein Kruzifix zu verschaffen, endlich bei einem Maler auf einem hölzernen Brettchen die armen Seelen im Fegefeuer zu bestellen, damit er sie immer vor Augen habe. Als dieses ausgemacht war, drückte Klaus einen herzhaften Kuß auf ihre Lippen, dann wandte er sich zum Vater:»Nichts für ungut! Ich seh' ja das Diendl erst in acht Tagen wieder.«

Dieser schüttelte den Kopf und brummte endlich:»Hab's eigentlich als junger Bursch' auch nicht anders gemacht!«

Sie trennten sich. Klaus suchte sein Lager im Laub. In der Frühe legte er sich abermals auf die Lauer. Bald hörte er die Peitsche des Alten durch den Wald knallen. Während die Ochsen aus dem Büchlein tranken, übernahm er die erbetenen Sachen, der Alte hatte eine Flasche Branntwein und eine Rolle Tabak beigefügt. Sie verabredeten noch die Stelle, wo jener die Bretter hinwerfen sollte, dann stieg Klaus den Berg hinauf und begann seine Arbeit wieder. Er fällte die Legföhren in der Nähe seiner Hütte, um den Holzbedarf des Winters zu decken, dann sammelte er zur Ergänzung des Mundvorrates Schlehen und Preißelbeeren, die bereits vom Reif versengt, mild und schmackhaft waren. Auch Schwämme, soviel eben im Spätherbst zu brauchen waren, trug er ein und legte sie in Schnittchen zerspalten an einen sonnigen Platz zum Trocknen. Nichts entging seiner Aufmerksamkeit, was nützlich und brauchbar sein konnte. Tags darauf holte er die Bretter, er zersägte sie nach Bedarf, zimmerte das Dach und eine Tür, die in Stricken statt in Angeln hing. Einige Bretter nagelte er zu einer Bettstelle zusammen, die er sorglich mit weichem Moos und Baumblättern anfüllte. Als für die Wohnung gesorgt war, schlich er über die Zemm in die Bachen und erlegte dort einen feisten Rehbock, den er nachts darauf fortschleppte. Dort glänzten die Fenster von Nidingers Haus im Mondschein – er durfte nicht wagen, einen Besuch zu machen. Daheim ließ er sich den Braten gut schmecken; den Rest des Fleisches verscharrte er, um ihn frisch zu erhalten, mit Wacholderbeeren in eine Grube, worüber er Schnee warf. Später, wo er, um sich zu wärmen, beständig feuerte, hängte er es zum Räuchern an einen Querbalken. So wurde es Samstag, er wußte selbst nicht wie.

Als er an den verabredeten Platz kam, erwarteten ihn bereits Nidinger und Wallburg. Sie reichte ihm die Hand und brach in lautes Schluchzen aus.

»Nun, was ist denn?« rief er befremdet.

»Gestern erhielt der Gemeindevorsteher,« erwiderte der Alte, »eine Amtsschrift, worin dem, der dich lebendig oder tot den Behörden einliefert, hundert Gulden versprochen werden.«

»Ist unser Herr für dreißig Silberlinge verkauft worden, so mögen sie mich immerhin auch für Geld ausschreiben. Übrigens wird im Achental kein Judas den Sündenlohn verdienen. Tröste dich, Burgl, ich bin ja ohnehin vogelfrei, was liegt daran?«

Das Mädchen wischte die Augen mit der Schürze und wurde, weil sich Klaus aus der Sache nichts machte, wieder ruhig. Sie übergab ihm einige Dinge, von denen sie meinte, er brauche dieselben in seinem dürftigen Haushalte, auch das Bildchen mit den armen Seelen erhielt er.

Nach kurzem Gespräche, denn der ängstliche Greis, den das Rauschen eines jeden Blättchens erschreckte, gestattete nicht mehr, kehrte Klaus in die Einsamkeit zurück. Beim Emporsteigen hörte er aus den Lüften ein unheimliches Rauschen, über das Sonnenwendjoch legte sich ein feiner Wolkenstreif, hier und da flog ein Schwarm abgefallenen Laubes wirbelnd in die Höhe. Es war der Scirocco. Über Nacht schwoll er so mächtig an, daß Klaus bei dem Geheul an die Felszacken ängstlich auffuhr und horchte. Er wußte, was es zu bedeuten hatte: der Südsturm bringt dem Gebirge meistens Schnee; wenn sein Gluthauch ausatmet, braust der Nord heran und verdichtet die Wasserdünste zu heftigem Gestöber.

Im Tal war mit dem Scirocco ein anderer Gast eingetroffen. Naz hatte, nach dem Friedensschluß mit Österreich, das Tirol seinem Schicksal überließ, Urlaub erlangt, er brachte für seine Heldentaten an der Glashütte und bei der Brücke die goldene Medaille mit. »Die Achentaler werden dreinschauen,« dachte er, »wenn sie diese auf meiner Brust sehen; auch Burgl mag beilegen, denn jetzt bin ich mehr als die Bauernlümmel landaus landein.« Diese Wirkung sollte durch die bayrische Montur, die er in einem Bündel bei sich trug, verstärkt werden. Deswegen beschloß er, sich abends niemand mehr zu zeigen, sondern die Gemeinde, vorzüglich aber Wallburg am Sonntag in der Kirche zu überraschen.

Der Sonntag brach richtig an. Klaus stieg trotz des Sturmes, der wütend über den Unutz hinfuhr, auf den Grat empor, von wo er die Kirche erblicken konnte. Er hörte den Klang der Glocken, er sah, wie die fromme Gemeinde zusammenströmte, während es ihm nicht vergönnt war, im Hause des Herrn mitzubeten, und kniete, als halbverloren ein Orgelklang zu ihm emporwehte, mit entblößtem Haupte hinter einem Steinblock nieder. Bald klang das Zeichen der Wandlung, wo der Priester dem versammelten Volke die Hostie zeigt; er klopfte an das Herz und bat unseren Herrgott, vorlieb zu nehmen, weil er es auf der Bergspitze nicht besser einrichten könne.

Erst nach dem Evangelium trat Naz in die volle Kirche und schob sich durch die Menge, die scheu vor ihm wich – aus Ehrfurcht, wie er meinte – zum Altar vor. Dort kniete Wallburg, er hustete, sie blickte jedoch gar nicht um. Nach dem Hochamte verließ sie mit ihrem Vater die Kirche durch eine Seitentüre, so daß er ihr nicht alsogleich folgen konnte. Die Bauern verliefen sich, ohne auf ihn zu achten, er eilte unwillig über die Felder zu Nidingers Hof. Der Alte schmauchte auf der Hausbank, wo er vor dem Sturm gesichert war, gemütlich ein Pfeiflein. Er ließ den Burschen ruhig zu sich herankommen, ohne auch nur eine Miene zu verziehen.

»Grüß' Gott, Ridinger!« rief dieser mit dem Finger die Haube leicht berührend, »grüß' Gott!«

Der Bauer nahm die Pfeife aus dem Munde: »Was suchst hier? Bin ich dir noch etwas schuldig?«

»Nein, du hast mich auf den Pfennig bezahlt!«

»Nun gut, dann brauchst nicht zu kommen.« Er steckte die Pfeife wieder in den Mund und rauchte weiter.

»Ich möcht' aber doch nachschauen, wie's Burgl geht!«

Diese sah zum offenen Fenster heraus. Als sie die Rede vernahm, rief sie hinunter: »Trag deinen bayrischen Gnadenpfennig nicht zu mir herauf, willst ein Tiroler sein? schäm dich!«

Sie schlug unwillig das Fenster zu, der Alte stand brummend auf und sagte, indem er ihm den Rücken kehrte: »Schau, daß du weiter kommst, hier hast du keinen Anwert.« Er ging in das Haus.

Raz stand einen Augenblick unschlüssig, dann eilte er heimwärts.

Unterdes hatte sich der Himmel mehr und mehr getrübt, schwere Wolkenballen häuften sich, über den Wäldern flatterten Nebel, zum Zeichen, daß der Kampf der Gegenwinde bereits beginne. Über das Stanerjoch zog ein Regen, plötzlich wehte es kalt durch das Tal und schwere Tropfen prasselten nieder. Auf den Gräten und Spitzen der Gebirge schneite es, nachmittags senkte sich der grauweiße Schleier immer tiefer, bald fielen unter dem Regen einzelne Flocken, beim Anbruch der Dämmerung schneite es tüchtig.

Versetzen wir uns an den Achensee. Das Schneegestöber hatte aufgehört, über den Wellen jedoch, die unheimlich an das Ufer rauschten und halbgelösten Schnee ausspieen, lastete dumpf und schwer das Dunkel. Es mochte Mitternacht sein, da versammelten sich an der Schiffshütte beim abgebrannten Zoll zwölf Bauern, tief in ihre Mäntel gehüllt. Nach kurzer, leiser Verabredung schlichen zwei auf der Straße gegen Achenkirch, zwei auf der gegen Jenbach vor, und stellten sich nach einigen hundert Schritten als Wachen hinter Steinblöcke. Die übrigen öffneten leise die Schiffshütte, lösten drei Kähne von der Kette und schoben sie in das Wasser.

Als die vier das Geräusch hörten, kehrten sie eiligst zurück, alle stiegen ein und verschwanden bald im Dunkel gegen den Seekar, dessen Wände hier steil in den See stürzen. Nur an einer Stelle, fast in der Mitte des Sees, lagern zwei mächtige Schuttkegel; sie bestehen aus den Steintrümmern, welche die Lawinen niederrissen. Sehen Sie das Hüttchen dort mitten im Mahd, das wie ein Smaragd herüberleuchtet? Sie kennen es ja und haben im Grase nebenan unter dem Ahorn manches Stündlein verduselt.

Dort auf der Geisalm zogen sie die Kähne auf den Kies des Ufers und gingen, nachdem sie die Ketten um Pflöcke gewunden, zur Hütte. Einer klopfte dreimal; von innen erscholl eine Stimme:

»Was soll sein auf Erden?«

Jener, der geklopft hatte, entgegnete: »Gerechtigkeit muß werden!«

Behutsam wurde geöffnet, – der Aschbacher Anton bot jedem schweigend die Hand und führte sie an das Feuer, das auf dem Herd loderte. In der Mitte des Blockhauses stand ein Tisch aus ungehobelten Brettern kunstlos gezimmert mit dem blanken Säbel darauf, – dessen Griff das österreichische Portepee schmückte. In einem Winkel lehnten mehrere Stutzen, den Hahn aufgezogen; über dem Schragen, wo ein Strohsack lag, hing die Uniform des Majors: ein Hut mit grünweißem Federbusch, ein hechtgrauer Frack und grüne Hosen. Aschbacher trug das Lodengewand eines Bauern. So wie Klaus am Unutz, hatte er sich hier versteckt und wartete die günstige Jahreszeit ab, um der Acht zu entrinnen. Betrachten wir die Männer, die sich am Feuer die Hände wärmen, es sind ehrwürdige Greise. Einer zog zwei kleine Wachskerzen hervor und schmolz sie angezündet auf den Tisch fest, rechts und links von dem Kreuze, das ein anderer von der Wand genommen und hingestellt hatte. Dann trat der Älteste vor Anton, neigte sich und sprach:

>*Wir wollen ein Gericht,*
Nu weiger' es uns nicht!«

Er antwortete feierlich:

>*Daß es werde Gott zu Ehren,*
Rufet jetzt zu Gott dem Herrn!«

Sie machten das Kreuz und beteten leise, dann sprach Anton:

>*Wer ist's, der hier als Kläger spricht*
Vor Gottes allwissendem Angesicht?«

Der Älteste erwiderte:

>*Ich tue es hier in Gottes Namen,*
Ich fordere Recht, sprecht alle Amen!«

»Amen!« tönte es aus dem Kreise. Anton trat als Obmann zu Häupten des Kruzifixes. Nun begann der Älteste:»Ihr alle habt heute den Naz gesehen, frei und offen geht er daher und trägt den Preis seines Frevels an der Brust. Er hat das Land an Napoleon verraten und wenn es leicht sein kann, verrät er es noch einmal. Das ist die Anklage, so wahr mir Gott helfe!«

»Zeugen sind wir alle!« rief der zweite Bauer.

»Spricht niemand für ihn?« fragte Anton.

Allgemeines Schweigen.

»Dann werfe ich ihn in den großen Bann!« rief Anton und legte den Finger auf den gezogenen Degen. »Niemand gewähre ihm Obdach, niemand atze ihn, niemand tränke ihn, niemand rede ihn an, es sei denn der Priester, der ihn zur letzten Beichte mahnt. Spricht niemand für ihn?«

Allgemeines Schweigen.

Noch einmal wiederholte er die Formel, und der Kreis löste sich auf.

Nicht wahr, das ist eine sonderbare Szene, fast wie bei der Feme in einem Ritterbuche? So haben jedoch unsere Alten über Leute gerichtet, die sie in ihrem Gewissen einer Untat schuldig hielten, welche sonst auf Erden nicht gestraft worden wäre. Das Haberfeldtreiben gehört auch hierher, das ist aber jetzt zu einem Gassenunfug frecher Burschen herabgesunken und war bei uns in Tirol nie recht üblich, wenn es auch, wie Sie vielleicht vernommen, jüngst einem Pfarrer widerfuhr, den man wegen seines Geizes allgemein nicht Seel-, sondern Geldsorger nennt. Ja, so war es; jetzt hat es ein Ende, wenigstens hört man nichts mehr davon.

Die Männer redeten nach dem kurzen Prozesse noch von Geschäften und Neuigkeiten, dann fuhren sie wieder über den See zurück. Am nächsten Morgen lagen vor Nazens Tür zwölf angesägte Späne, er sah dieselben und – erblaßte. Schon wollte er in das Haus zurückkehren, rasch besann er sich jedoch, drückte die Kappe ans das linke Ohr und murmelte: »Wär' nicht übel, wenn sich ein Soldat vor diesen Bauern fürchten wollte!« Auf der Straße kam ein Mädchen daher, er rief sie an: »Wohin, Zenzele?«

Sie eilte vorüber wie taub.

Er lachte und ging vorwärts. Einige Burschen begegneten ihm. »Hast du Feuer in der Pfeife, Jagg?« sagte er zum ersten.

Sie ließen ihn stehen wie einen Zaunpfahl, er knirschte unwillig: »Bin ich mit den Kerlen nicht in die Schule gegangen und auf der gleichen Bank gesessen?«

Er war an dem Kirchhof vorüber an das rote Marmorportal der Post gelangt, »Soll ich hineingehen?« überlegte er. »Ei was, ein Schnäpschen tut auch vormittags gut.« Er trat in die Wirtsstube. »Kellnerin, ein Stamperl!« Sie bediente die Gäste, für ihn hob sich keine Hand. »Kellnerin!« Keine Antwort.

»Ist das eine Bedienung? Schnaps will ich!«

Die Kellnerin pfiff dem »Amorl«, so hieß ein gewaltiger schwarzer Hund mit stacheligem Halsband. Er kroch gähnend unter dem Tisch hervor, reckte sich und fletschte auf Naz die Zähne.

»Sind doch Vieh und Menschen gleich zuwider!« fluchte dieser und verließ die Stube. Er wollte zum Krämer, Zunder und Feuerstein kaufen. Männer, Weiber gingen an ihm vorüber, niemand schaute ihn an. Es wurde ihm fast unheimlich zumute. Er trat in den Laden: »Zunder und Feuerstein!«

Die Leute taten, als sähen und hörten sie nichts.

»Bin ich denn unsichtbar?« schrie er und schlug auf den Tisch, daß Schachteln und Büchsen tanzten.

Niemand antwortete.

Da stürzte er hinaus, fast wahnsinnig lief er heim. Er stolperte über einen Stein und fiel, daß das Blut über sein Gesicht rann. Langsam wischte er sich ab und starrte auf seine geröteten Finger: »Nein, ich lebe noch, Geister haben ja kein Blut,«

Zu Hause war bereits der Tisch gedeckt. Sein Vater zog eben die schnarrende Schwarzwälderuhr im Winkel auf, er erzählte ihm, was ihm widerfahren. Der Alte sah ihn schweigend an, über seine braunen, gefurchten Wangen floß eine Träne.

Die Suppe wurde aufgetragen, wie bei einem Totenmahle war alles stumm.

Naz legte den Löffel beiseite und stieg auf den Söller. Hier brütete er lange, den Kopf auf den Arm gestützt, vor sich hin, endlich stand er auf, ging in die Kammer, nahm einen Stutzen von der Wand und besah sorgfältig Lauf und Schloß. Es war ein wenig angerostet, er goß einen Tropfen Öl hinein und prüfte die Schärfe des Steines mit dem Nagel. Nachdem er alles in Ordnung gebracht, schaute er mit vorgehaltener Hand zum Himmel. Alles war hell, an den sonnigen Lehnen floß bereits der geschmolzene Schnee nieder.

Diesen Tag blieb er zu Hause, am nächsten Morgen schritt er, den Stutzen auf der Schulter, langsam durch das Oberautal dem Juifen zu. Er kehrte erst nach Anbruch der Dunkelheit heim. So verbrachte er Tag für Tag, sein Gemüt verbitterte sich immer mehr, und allmählich faßte er einen grimmigen Haß gegen seine Landsleute, die ihm fast das Leben verleideten.

Dem Klaus ist es indes gar nicht schlecht gegangen. Zu essen hatte er, aber noch mehr Langeweile, die konnte er nicht hinaussperren, die saß ihm auf dem Genick, wenn er bei schlechtem Wetter in der Hütte träumte. Ans Mädel denken, das tat er oft genug, ohne daß es ihm jemand zu gebieten brauchte, der Tag aber hat vierundzwanzig Stunden. Er verlegte sich auf das Schnitzeln, bald waren alle Pfähle und Bretter der Hütte mit Szenen aus seinem Leben verziert. Dann schnitt er in einige Bergstöcke, die er zufällig beim Streifen durch die Wälder entdeckt und mitgenommen, allerlei Gestalten und Geschichten, einen davon besitzt gegenwärtig noch der Pfretschner in Jenbach, er gefällt Ihnen gewiß, wenn Sie ihn anschauen. So füllte er die müßigen Stunden aus.

Einmal – es war um Maria Empfängnis – harrte er wieder im Gebüsch auf die Ankunft Nidingers und Wallburgs, die sich etwas verspätet hatten. Da nahte durch die Dunkelheit ein Mann mit einem Mädchen zur Seite, – »Grüß Gott!« rief Klaus und trat aus dem Gebüsch. Erst als er vor ihnen stand, sah er, daß er sich geirrt und lief schleunig davon. Sie hatten ihn nicht genau erkannt und würden ihn auch in diesem Falle nicht verraten haben, allmählich jedoch verbreitete sich unter den Achentalern das Gerücht, Klaus sei irgendwo im Gebirge versteckt. Naz hörte zufällig durch seinen Vater auch davon, ohne jedoch vorläufig weiter darauf zu achten. Da lehnte er einmal am Zaun, zwei Bauern gingen vorüber, sie bemerkten ihn nicht, er vernahm jedoch jedes Wort.

»Der Klaus ist also da,« sagte der eine;»wüßt' ich, wo er steckt, ich brächt' ihm Schmalz, Eier und Mehl, soviel er zwingen könnt', denn er hat's verdient durch seine Bravheit.«

»Recht hast,« erwiderte der andere,»nur möcht' ich auch noch den Naz, der dem ganzen Dorfe Schande macht, hängen.«

Mehr konnte er nicht hören, es war genug. Überdies wußte er bereits, daß ihn Klaus bei Wallburg ausgestochen; ein Gedanke der Rache zuckte blitzähnlich durch seinen Kopf.»Er ist da,« sprach er, die Faust ballend, vor sich hin,»aber ich bin auch da, das Blutgeld, das auf seinem Kopfe steht, mag ich nicht verdienen, eine Kirche soll es für Messen erhalten, aber sein Leben ... Es ist kein Mord, der König hat ihn als Rebellen erklärt, ich kenne meine Pflicht als treuer Soldat. Hab' doch auf andere geschossen, die mir nichts zuleid getan.« Er sann dem schwarzen Entwurfe nach und bald hatte er sich eingeredet, er müsse Klaus fangen oder töten.

Schon am nächsten Morgen streifte Naz in den Wäldern gegen Steinberg, ohne eine Spur zu entdecken. Tags darauf stieg er gegen den Unutz empor, der von der Morgensonne hell beleuchtet war. Da schien es ihm, als ob sich hoch oben etwas über die grelle Schneefläche bewege. Das war kein Hirt, die hatten längst abgetrieben, kein verlorenes Stück der Herde, das wäre ja verhungert, – vielleicht eine Gemse, – vielleicht Klaus. In jedem Falle schien es der Mühe wert, darauf zu birschen. Eine halbe Stunde klomm er durch das Gebüsch empor, wobei er den Gegenstand seiner Verfolgung aus den Augen verlor. Als er vorsichtig an den Kanten hinkriechend eine Ecke erreichte, die eine Übersicht gestattete, sah er Klaus, der bereits umgekehrt war, etliche hundert Schritte tiefer auf einem Steinblocke sitzen. Er prüfte die Entfernung, sie war noch zu groß, rasch sprang er an der abgewendeten Lehne bergab und schlich wieder vor, als er in gleicher Höhe mit seinem Gegner zu sein meinte. Dieser saß noch immer unbeweglich, Naz war so nahe, daß er das Weiße in dessen Aug' unterscheiden konnte. Lebendig oder tot galt gleich, warum sollte er sich in einen gefährlichen Kampf einlassen? Er riß den Stutzen von der Schulter, beugte sich vor und glitt aus. Die Kugel ging fehl und prallte flach an einem Steine in der Nähe von Klaus ab. Dieser war mit einem Satz in der Höhe, – Naz konnte sich nicht verbergen. Bereits einmal waren sie sich auf Tod und Leben gegenüber, auch jetzt galt es Tod und Leben! Ohne sich zu besinnen, schlug Klaus an – Naz sank mit einem lauten Schrei in den Schnee. Klaus lief hinzu, jener atmete nicht mehr, die Kugel hatte das Herz getroffen und die Rückenwirbel zerschmettert. Ein Strom lauen Blutes rieselte über den Schnee hinab. »So schnell tot, daß er mir gar nicht einmal seine Beicht' auftragen kann!« sagte er und betrachtete ihn, auf den Stutzen gestützt, eine Weile. Dann nahm er den Hut ab, kniete neben der Leiche nieder und betete für die abgeschiedene Seele ein andächtiges Vaterunser. Er blieb dabei so kalt und ruhig, daß er gar nicht einmal über Schuld und Un-schuld nachdachte; ein Beweis dafür, wie wenig er sich im Unrecht wußte. Dann überblickte er die Gegend, ob wohl alles sicher sei, und schleppte Naz bei einem Fuß über den Schnee abwärts in den Wald. Dort legte er ihn, so daß er sich nicht mit Blut besudeln konn-te, quer über die Schulter und verbarg ihn unter zusammenge-scharrtem Laub am Schafbachl. Bei Nacht kehrte er mit einem Pickel zurück, grub ein Grab und beerdigte ihn. Um die Stelle unkenntlich zu machen, legte er sorgfältig Moos darauf und trat es fest.

Samstag war nicht mehr fern. Wenn ihn auch nicht die leiseste Gewissensangst drückte, so fühlte er sich doch im Innern beunru-higt; es gibt eben Verhältnisse, wo der Mensch des Menschen be-darf, um sich ihm gegenüber voll und warm auszusprechen. Dafür eignen sich jene, die uns durch die heiligsten und edelsten Bande verknüpft sind, nicht immer; wir suchen einen Mann, der, weil er uns ferner steht, die Sache ruhiger und von allen Gesichtspunkten anschaut, einen Mann, der uns zugleich mit höherer Würde entge-gentritt. In solchen Fällen entspricht die Beichte einem echt mensch-lichen Bedürfnisse und auf dieser unleugbaren Grundlage ist jenes Sakrament gegründet.

Deswegen vertraute er auch weder Burgl, noch dem Alten, was sich ereignet, wohl aber bat er letzteren, er möge den Kuraten von Steinberg besuchen, ihm seinen Aufenthalt und was sonst nötig unter dem Beichtsiegel mitteilen und bitten, ihm heimlich die heili-gen Sakramente zu spenden, damit er nicht wie ein Heide über Weihnachten in das neue Jahr wandere.

Der Alte ging Sonntags nach der Vesper zum Kuraten. Dieser war über das, was er hörte, höchlich erstaunt; das Wasser schoß ihm vor

Freude in die Augen, daß er einem so wackeren Tiroler, der mannhaft für das Vaterland gestritten, einen wichtigen Dienst erweisen könne. »Sag Klaus,« sprach er zum Alten, »er möge morgen das Gewissen erforschen und von zwölf Uhr mittags nichts mehr essen; ich werde ihn, sobald es dunkelt, am Schafbachl aufsuchen.«

Der Priester hielt Wort. Er nahm sein Brevier, legte eine Hostie hinein und ging, nachdem er eine Schale Kaffee geschlürft, langsam fort. Klaus hatte den Tag in religiösen Übungen zugebracht; als er des Geistlichen ansichtig geworden, nahm er den Hut ab, begrüßte ihn ehrerbietig und küßte ihm die Hand. »Ich dank Euch,« sagte er, »daß Ihr Euch eines armen Menschen erbarmt, mög' es Euch Gott in der Sterbestunde vergelten!« Dann führte er ihn tief ins Gebüsch, der Priester setzte sich auf einen Stein, Klaus kniete in das Moos zu seinen Füßen und beichtete ihm mit wahrhaft kindlichem Vertrauen. Als er fertig war, begann der Priester die herkömmlichen Gebete, tröstete ihn über sein ungewisses Los und sprach ihm zu, er möge alle Leiden, die er bereits geduldet und noch dulden müsse, Gott als Buße aufopfern. Segnend hob er die Hand: » *Ego absolvo te a peccatis tuis!*« Dann forderte er Klaus auf, sich kurz auf das heilige Abendmahl vorzubereiten, und weihte, während dieser, die Augen mit den Händen bedeckend, inbrünstig betete, die Hostie. Als dieses geschehen war, legte er sie Klaus auf die Lippen. Dieser konnte, nachdem er sich erhoben, lange vor Rührung nicht sprechen. Der Geistliche fragte ihn sanft: »Wo liegt der Tote?« Klaus führte ihn schweigend an das Grab, es war nicht weit von der Stelle, wo er die Sakramente empfangen. Jener befahl ihm, mit dem Hut Wasser zu schöpfen, er segnete es und besprengte den Boden. Schließlich verrichtete er mit Klaus noch die vom Rituale der katholischen Kirche vorgeschriebenen Gebete, damit der Tote Ruhe finde und auferstehen möge zum ewigen Leben.

Sie verließen nun die Stätte. Der Priester trug Klaus auf, sobald es ihm die Umstände gestatteten, hier ein Kreuz zu errichten. Er hat es redlich getan. Beim Abschied riet er ihm noch, weil er keine Kirche besuchen könne, eine gute Meinung zu erwecken und alles dem Herrn anheimzustellen, so oft er das Geläut der Glocken aus dem Tal höre.

In der Christnacht wird um zwölf Uhr zur Erinnerung an die Stunde, wo die Engel ihre Botschaft über die öde Erde hinaussangen, die feierliche Mette gehalten. Jeder Bauernhof entsendet einen Teil seiner Bewohner, um dem neugeborenen Herrn des Weltalls die Huldigung darzubringen. Da steigen sie dann herab von den einsamen Höhen; durch die kalte Nacht flimmern oben die ewigen Sterne, unten tanzen die Lichter, wie sie eben die Hand der frommen Träger schwingt, auf allen Pfaden daher – ein ebenso seltsamer wie lieblicher Anblick. Auch Nidinger schickte Knecht und Magd zur heiligen Feier; nachdem die Luft rein war, erschien Klaus, um mit seinem Diendl den Weihnachtszelten anzuschneiden.

Wie wohl tat es ihm, daß er wieder beim warmen Ofen in einer Stube sitzen konnte! Not und Harm waren vergessen, fröhlich aß er vom Birnbrot und trank den aromatischen Kirscheler dazu; wie an den glatten Fensterscheiben schimmernd und zierlich eine Eisblume aus der anderen entsprang, zeichnete er die Pläne einer heiteren Zukunft. Auch das Mädchen lächelte, und doch wußte keines von beiden, wann sie wieder so traulich zusammensitzen und ob sie je noch einen Zelten genießen würden. Ist doch die schnell welkende Blume des Glückes am schönsten, wenn man sie am Rande des Abgrundes pflückt. Selbst der Alte, der sich sonst nur zu sehr grämlichen Bedenklichkeiten hingab, überließ sich den behaglichen Eindrücken dieser Stunde, Stunde, ja! Man konnte von der Stube die Kirche sehen; da wurden bereits wieder aus dem Kirchhofe die Kienfackeln angezündet und begannen sich nach allen Richtungen zerstreuend, zu wandern.

»Es ist Zeit!« unterbrach der Alte die Fröhlichen, »es ist Zeit, du mußt in deine Einsiedelei!« Klaus schaute vorsichtig durch das Fenster; während des Gottesdienstes hatte es geschneit. »Das ist schlimm!« rief er. Allein die Liebe weiß stets einen Ausweg. Wer kennt nicht die anmutige Geschichte von Eginhard und Emma? – Sie meinen vielleicht, Burgl habe Klaus auf der Schulter fortgetragen? Das wäre ein schweres Stück Arbeit gewesen, den ungeheueren Burschen huckepack zu schleppen. Der Alte wußte etwas Besseres. In seiner Jugend war er wie andere gern fensterln gegangen, was sein Vater, der strenge Zucht hielt, durchaus nicht leiden wollte. Da band er sich, um den Argwohn zu täuschen, die Schuhe verkehrt unter die Füße, so daß es, wenn er von Hause fortging, schien, er sei heimgekehrt. Freilich war es schwer, auf diese Art längere Strecken Weges zurückzulegen; Klaus brauchte jedoch nur die nahe Straße aufzusuchen, dort vermischten sich seine Tritte mit denen der Kirchgänger, und es war unmöglich, sie zu unterscheiden. Während er sich in dieser Weise rüstete, steckte ihm Burgl ein tüchtiges Stück Zelten in den Sack und mit einem saftigen Schmatz und herzlichen »Geltsgott!« trollte er davon.

Der Winter hatte sich bis jetzt sehr mild gezeigt, nur selten schneite es, und der Frost dauerte nicht an; nun enthüllte er aber allmählich sein strenges Gesicht. Nicht ohne Mühe und Gefahr erstieg Klaus den Abhang; obwohl es nicht wehte, lag doch, als er seine Hütte erreichte, der Schnee bereits einen halben Fuß hoch. Von der Anstrengung ermattet, warf er sich auf sein Lager und schlief ein. Als er aufwachte, war noch alles dunkel, er legte sich auf das andere Ohr und schnarchte ruhig weiter. Er erwachte wieder; es war alles dunkel. »Will es denn heute gar nicht mehr Tag werden?« rief er sich aufrichtend, »oder hab' ich den Tag bereits verschlafen und es ist neuerdings Nacht angebrochen?« Er zündete einen Span an und hielt die Uhr an das Licht. »Eins!« Das konnte aber auch eins nach Mitternacht sein. Zweifelnd hielt er die Uhr an das Ohr, sie war nicht stehen geblieben und tickte fleißig fort. Zugleich fühlte er Hunger und Durst wie noch nie, wenn er in der Frühe das Lager verließ. »Will doch sehen, wie weit die Sterne sind!« Er öffnete die Tür, die nach innen aufging, eine Schneemauer starrte ihm entgegen. »Ah so,« meinte er, »das ist was anderes,« er griff zur Schaufel, die er für alle Fälle bereit hielt. Schräg durch den Schnee empor grub er einen Stollen, schlug den Boden und die Wände fest, um vor einem Zusammensturz sicher zu sein; bald hatte er sich an das Licht emporgearbeitet. Das war ein Tag! Der Schnee fiel in so schweren Flocken, daß man kaum zwei Schritte weit sehen konnte.

Klaus blieb einen Augenblick stehen und kehrte kopfschüttelnd um. Den Anbruch des Abends erkannte man bloß daran, daß es noch dunkler wurde, als es schon war. Er machte Licht und las des heiligen Tages wegen in einer vergilbten Postille, die er von Nidinger ausgeborgt. Nach Mitternacht hörte es auf zu schneien, dafür quoll ein dichter Nebel über das Gebirge und seine Schluchten. Nachdem Klaus seine Morgenandacht verrichtet, griff er zur Schaufel, säuberte den Gang vom Schnee, der ihn wieder halb ausfüllte, und holte dann zwei Bretter. Er legte das erste am Mundloch seines Stollens wie eine Brücke über den Schnee in der Richtung des nahen Vorsprunges, von dem er einen Ausblick auf das Tal hatte. Nachdem er jenes Brett abgeschritten, legte er das zweite auf den Schnee und hob das erste auf, so wechselnd gelangte er, ohne einzusinken, an sein Ziel. Von den Grasbüscheln, an denen er sich sonst emporgearbeitet, klopfte er die Schneepolster, bald stand er auf der Kante, wo er sich aber erst ein Plätzchen ausschaufeln mußte. Ein frischer Wind wehte ihm von Osten entgegen, über dem Kaiserberg wurde bereits ein blauer Streif sichtbar, der Nebel zerflatterte wie Wollflocken, die ein Knabe spielend zerbläst. Bald war alles klar und rein.

Die Gegend bot ein wundervolles, prächtiges Schauspiel, alle Schärfen und Kanten waren unter dem weichen Flaum, der sich gleichmäßig darüber breitete, verschwunden, nur eine Farbe schien zu herrschen: ein glänzendes Weiß, noch glänzender durch den Gegensatz zum blauen Schatten der Schluchten. Wie Armleuchter von Silber ragten die Tannen empor, dazwischen gleich riesigen Meereskorallen Buchen und Birken. Alles hatte sich verwandelt: eine tote Pracht, geeignet, Bewunderung zu erwecken, aber keine Freude. Klaus schaute, geblendet von Licht und Glanz, eine Zeitlang herum, dann rutschte er vom Felsen zurück, um Wasser zu holen. Die Quelle war aber eingeschneit, nur aus der Klamm, die ebenfalls von Schnee verstopft war, hörte er ein leises Glucksen herauf, das Wasser hatte seine Decke unten geschmolzen und tropfte von Stein zu Stein. Jammernd umflatterte ihn ein Schwarm Jochdohlen, schöne Vögel mit schwarzem Gefieder, gelbem Schnabel und roten Füßen. Er verstand ihre Not und warf ihnen Speisereste und Brotkrumen auf den Schnee, welche sie lebhaft zankend aufpickten. Er kehrte in die Hütte zurück und begann zu kochen. Sankt Stephan zu Ehren wollte er ein Übermäßiges tun; er sott daher ein Stück geräucherten Gemsschlegel zu einer Pfanne voll Nocken. Nebenan duftete in einem Gläschen, auf das Rosen und Vergißmeinnicht gemalt waren, echter Kranebitter. Gemütlich und voll Behagen schmauste er. Tscha! tscha! flogen auf einmal draußen wild und verwirrt die Jochdohlen auf; es begann zu krachen, als wollte der Berg einstürzen, und wie mit einem Schlage war er in schwarzes Dunkel gehüllt. Mit großer Mühe öffnete er die Türe, deren Bande straff angespannt waren, er mußte neuerdings schaufeln, bis er endlich wieder an das Licht gelangte. Eine Lawine war losgebrochen und durch die Schlucht hinabgerollt; konnte sie auch sein Hüttchen nicht erreichen, so warf doch die Erschütterung den Stollen ein. Er kletterte auf den Felsen, die Lawine hatte am Abhange des Berges eine breite Furche gerissen und in ihrem Laufe den Wald niedergeschmettert. Zwischen den ungeheueren, schmutzigen Schneeblöcken ragten gebrochene Bäume in allen Richtungen empor. Der streckte die Wurzeln mit den schwarzen Erdklumpen in die Höhe, jener war in der Mitte geborsten, der lag der Länge, der ganz zerschunden der Quere nach. Die Bäume am Rande, welche die Lawine nur berührt hatte, standen schief, wie Trunkene. Vor der Hütte traf Klaus seine Gäste, die Jochdohlen. Sie wurden nach und nach ganz zahm; täglich versammelten sie sich, nahmen ihre Brosamen in Empfang, einige pickten sie ihm sogar aus der Hand.

Grimmiger Frost wechselte mit Tauwetter. Klaus konnte nicht daran denken, in das Tal hinabzusteigen, dafür erhielt er jedoch einen sehr unerwarteten Besuch. Er hatte sich abends niedergelegt und war bereits fest eingeschlafen, da wurde er durch ein Kratzen und Schaben an der Türe aufgeweckt; erst glaubte er, es sei der Sturm, nun schien es ihm gar, als wolle jemand einbrechen. Rasch griff er zum Stutzen; was sollten Diebe bei ihm suchen? Das Gebirge war für sie ebenso unwegsam wie für einen Verräter, der etwa seinen Kopf holen möchte. Die Balken krachten, durch eine Luke schob sich ein struppiges Gesicht, aus dem zwei Augen in das Dunkel funkelten. »Jesus Maria!« rief Klaus erschrocken, »das ist ja gar der Teufel, was will der bei mir? ich hab' ja ordentlich gebeichtet und kommuniziert!« Fast unwillkürlich drückte er den Stutzen los; der böse Geist taumelte brüllend noch einmal an die Tür, dann war alles still. Klaus betete in Höllenangst einen Rosenkranz um den anderen, bis es endlich kümmerlich zu tagen begann. Er schlich zur Türe, die halb zerbrochen in den Angeln schlotterte, und guckte hinaus. Da lag ein ungeheurer Bär verendet im Schnee. Nun riß Klaus die Türe auf und sprang hinaus, als könnte ihm das tote Ungeheuer noch entrinnen. Seit langem zum erstenmal jauchzte er, daß die Felsen widerhallten. Er balgte den Bären auf dem Platz aus bis auf den Kopf, den er abschnitt und im Schnee vergrub. Jetzt flogen auch die Krähen daher, eine lockte die andere zum Schmause; er warf ihnen die nutzlosen Gedärme hin: »So, guten Appetit! laßt es euch schmecken!« Das Fleisch zerstückte er und trug es in die Hütte, Es war ihm hochwillkommen, denn er besaß nur noch wenig eingesalzenes; auch mit Mehl und Brot kargte er, um nicht ausgehungert zu werden. Das ist der letzte Bär, der im Achental geschossen wurde; seitdem hat sich keiner mehr sehen lassen.

Der Schnee wurde allmählich körnig und starr, die Oberfläche desselben sinterte in eine Kruste zusammen, die wie ein schimmernder Panzer Scheitel und Flanken der Berge umhüllte und weithin leuchtete. Ist der Boden auf diese Art fest geworden, so mag man ohne Gefahr und Beschwerde über die tiefsten Tobel und Windwehen hinweggehen, insbesondere wenn man sich noch durch Schneereife, die radförmig unter dem Fuße ausgespannt sind, vor dem Einsinken sichert.

In einer mondhellen Nacht wagte sich Klaus, nachdem er den Bärenkopf im leeren Schnappsack verborgen, auf den Weg zum Nidinger. Bald saß er mit dem Alten und seiner Braut am warmen Kamin und erfreute sich des langentbehrten Gespräches Aug' in Auge. Er legte den Bärenkopf auf den Tisch.

»Siehst du,« sagte Nidinger, »da hab' ich dich auch unrecht im Verdacht gehabt. Bald wurden zu Steinberg, bald auf den Einzelhöfen von Achenkirch Schafe und Kälber gestohlen; ich dachte, du hättest es aus Not getan, und fürchtete, abgesehen davon, daß es kein schönes Handwerk ist, du konntest einmal einem Aufpasser in die Hände fallen. Nun, da ist ja der Dieb!«

»Es war auch,« entgegnete Klaus, »meine Absicht, mir auf jene ungesetzliche Art Lebensmittel zu verschaffen; bis jetzt bedurfte ich es aber nicht, und hätt' ich es getan, oder sollte es dazu kommen, so ist mein fester Vorsatz, dich immer alsogleich zum betreffenden Bauern zu schicken und mit ihm nach mäßiger Schätzung abzurechnen. Die Achentaler lassen mit sich reden, jeder würde sich ein Gewissen daraus machen, mich zu verraten.«

»Der dich allenfalls verraten würde, ich meine den Naz, ist ohnedem spurlos verschwunden, übrigens fragt ihm außer seinem Vater niemand nach.«

Klaus schwieg gedankenvoll.

Nidinger fuhr fort:»Das mit dem Bären ist ein wahrer Glücksfall. Weißt du was, ich trag' ihn morgen zum Landgericht und lass' mir das Kopfgeld auszahlen, das auf die Erlegung solcher Räuber gesetzt ist. Werd' einfach sagen, mein Sohn hat ihn erschossen, und das ist ja eigentlich wahr. Den Stammbaum brauch' ich den Blauröcken nicht auf die Nase zu binden.«

Klaus lachte laut auf:»Das ist ein köstlicher Spaß, wenn die Feinde, die für mich einen Preis gestellt, nun mir einen solchen auszahlen müssen. Schad' ist's nur, daß ich mit meinem Wildbret nicht im Triumph zu Achenkirch einziehen kann. Dieses hätt' beim Riederer einen Tanz gegeben, daß man noch nach fünfzig Jahren davon reden tät'.«

»Mein lieber Klaus,« sagte Wallburg lächelnd,»mit den Tanzgedanken hat es noch gute Zeit.«

»Auf unserer Hochzeit muß getanzt werden,« rief Klaus,»daß die Röcke fliegen, verlaß dich drauf!«

So scherzten und schäkerten sie noch eine Weile, bis der Hahnenschrei mit unerbittlicher Notwendigkeit ihn zum Aufbruch zwang.

Auf dem Rückwege jagte Klaus zufällig ein Reh aus dem Gebüsch, das Tier floh über die Schneefläche, brach aber mit seinen schlanken Beinen immer ein, so daß er es leicht einholen und durch einen Kolbenschlag töten konnte. Nun war er wieder auf mehrere Wochen mit Mundvorrat versehen, was ihm um so besser zu statten kam, da längere Zeit Stürme und Schneefälle wechselten, wie es gegen Ende des Winters im Gebirge häufig geschieht.

Tags darauf lieferte der Alte den Bärenkopf zum Landgericht, er bekam fünfzig Gulden und wurde überdies seines Sohnes wegen noch ausdrücklich belobt.

Allmählich rückte der Frühling in das Land. Im Tale drunten schmolz der Schnee, ein sanftes Grün überhauchte die Blößen, ein durchsichtiger grüner Schleier spann sich über die braunen Äste des Waldes.

Als Klaus von seiner Warte auslugte, flog aus der Tiefe ein gelber Schmetterling empor, der fröhliche Bote des Lenzes, und er hörte deutlich den Schlag der Amsel herauf. Der Frühling kletterte höher, schmutzige Bäche quollen nieder, an sonnigen Felsen erschlossen sich die duftigen Blüten der Jochprimel, und die weißen Sterne der Steinmispel schmückten jede Wand.

Klaus konnte ohne Gefahr den Unutz ersteigen und überzeugte sich von dort, daß die Gebirgspässe allseits schneefrei waren. Die Herrlichkeit der Rundschau beachtete er kaum, sein Herz beschlich der traurige Gedanke, daß er jetzt Tirol und was darin lieb und gut, verlassen müsse.

Samstag kündete er dem Alten und Wallburg seinen Entschluß an, in der nächsten Woche aufzubrechen. Sie mußten sich einverstanden erklären. Er räumte nach und nach seine Hütte aus und verbarg die Gerätschaften in den Stauden am Schafbachl, wo sie Nidinger abholte. Nachdem diese Arbeit getan war, setzte Klaus den Mittwoch Abend zum Abschied fest. Mit tiefer Trauer verließ er die Stätte, die ihm gastliche Herberge geboten hatte und durch so manche Erinnerung wert geworden war.

Noch größer war sein Schmerz, als er Nidinger und Wallburg antraf, die bereits auf ihn harrten.

»Das Scheiden ist ein bittres Muß!«

Es war um so bitterer beim Gedanken an die Gefahren, die Klaus noch zu überstehen hatte, bis er in volle Sicherheit gelangte.

Allein auch das wurde überwunden.

Er schlich über das Wibnerjoch nach Brandenberg und von hier durch das Zillertal bis in die Nähe vom Gerlos. Dort überraschte ihn die Morgenröte, er verbarg sich tief im Gebüsch, einen Teil des Tages verschlief er, um sich von den Beschwerden des Marsches zu erholen. In der folgenden Nacht erreichte er das Pinzgau. Hier hielt er sich vormittags im Walde versteckt; nachdem es zu Mittersill zwölf geläutet, umging er über die Felder den Markt, wo die Bürger ruhig aßen, und betrat bei Uttendorf die Straße, die er jetzt nicht mehr verließ. Hier hatte er nichts zu besorgen, wenn er auch bei Tag reise, denn er durfte nicht erwarten, von jemand erkannt zu werden. Über Nacht wagte er sich jedoch in kein Wirtshaus, sondern schlief in Heuställen, wie er eben Unterkunft fand.

Am Abend des vierten Tages, seit er Achental verlassen, erreichte er die österreichische Grenze. Wie vom Tode errettet, warf er sich auf die Knie, küßte den Grenzpfahl und betete für die armen Seelen, die so treu über ihn gewacht, ein andächtiges Vaterunser. Dann schritt er wacker dem nächsten Städtchen zu – der Name ist mir entfallen – und stellte sich dort dem Landrichter. Er überreichte ihm sein Schützenzeugnis, worin alles aufgeführt war, was er vollbracht, und ersuchte ihn um einen Paß nach Wien. Abends im Gasthause kamen die Honoratioren des Ortes zusammen, sie bewirteten ihn vortrefflich, wobei er alles, was er erlebt, berichten mußte.

Ehe er sich zu Bett legte, bat er sich noch Schreibzeug aus und kritzelte einen kurzen Brief an sein Diendl, daß er bereits auf Österreichs Boden in Sicherheit sei. Dann legte er sich nach vielen Monaten das erste Mal – in ein Federbett! Das tat wohl!

Zu Linz stieg er in ein Schiff und fuhr nach Wien. Dort wies man ihm zu seinem Unterhalt ein Plätzchen als Wegmacher an. An das Heiraten konnte er vorläufig nicht denken, doch blieb er seinem Diendl und sie ihm gewissenhaft treu.

Tirol wurde wieder kaiserlich. Nun kehrte Klaus eilig heim. Hier erhielt er den Dienst als Wegmacher. Der alte Nidinger hatte für das Einstandsgeld das Gütchen, das Klaus wünschte, bereits angekauft, das Paar besaß nun ein Nestlein und heiratete. Als er zu altern anfing, nahm er bei einem Bauer an der Straße Wohnung, um seinem Geschäft näher zu sein; nur an Sonn- und Feiertagen kehrt er auf das Gütchen heim, das das Weib mit den zwei Buben, deren einer wohl sein Nachfolger sein wird, bearbeitet. Es ist ihm bis jetzt recht gut gegangen, nur bei der Polizei kam er trotz seiner Verdienste ein wenig in Verruf, weil er wie andere von 1809 das Maul etwas weit auftat und mit manchen Dingen in Österreich nicht zufrieden war.

Das war' also die Geschichte. Jetzt fängt es übrigens an zu dämmern, Scholastika wird mit dem Braten auch schon fertig sein; soll ich Ihnen ins Pedantenstübl Licht bringen?«

Ich bejahte es.

»Aber die Geschichte dürfen Sie nicht drucken lassen,« rief Lena noch von der Treppe zurück, »sonst erzähle ich Ihnen gewiß nichts mehr!«

Ich folgte ihr in das Pedantenstübl.

»Das Pedantenstübl?« fragt der Leser.

Es ist zu ebener Erde das Zimmerchen links von der Haustür. Da pflegten sich in der guten alten Zeit abends die gelehrten Stammgäste der Scholastika zu versammeln, meistens Professoren von Innsbruck, die hier einige Sommerwochen zubrachten. Es war ein heiterer Kreis, der sich hier gebildet; jetzt deckt die meisten Glieder desselben bereits die kühle Erde. Ja ja, die Welt wird älter und wir nicht jünger!

Am Sonntag ging ich nach Achenkirch zur Messe. Da humpelte auch Klaus daher, neben ihm Wallburg und zwei Söhne, einer bereits ein reifer Mann mit einem Knaben an der Hand, folgten mit frommem Schritt. Sie war ebenso grau wie er; beide besprengten mit dem Buchszweig, der im Weihbrunnkessel vor der Kirchtür lag, sorgfältig die Gräber – für die armen Seelen.

Er blieb einen Augenblick vor mir stehen: »Hat Euch die Lena alles verratscht?«

»Ich denk', Ihr braucht Euch nicht zu schämen!«

»Das nicht,« erwiderte er ruhig, »Ihr mögt es seinerzeit auch andern erzählen, man kann wenigstens etwas daraus lernen – daß der liebe Herrgott keinen ehrlichen Tiroler verläßt. Heut' ist der achtundvierzigste Jahrestag, daß ich von der Flucht ins Landl heimkehrt bin; deswegen bring' ich meine ganze Familie mit, um Gott zu danken.«

»Nun, ich wünsch' euch, daß ihr die goldene Hochzeit erlebt!«

»Dank Euch,« erwiderte das greise Paar und trat in die Kirche.

Selbstverständlich werde ich die goldene Hochzeit besuchen. Will vielleicht jemand dem alten Klaus für diesen Tag eine Flasche Extrawein schicken, so wollen wir seine Gesundheit trinken!

Über tredition

Eigenes Buch veröffentlichen

tredition wurde 2006 in Hamburg gegründet und hat seither mehrere tausend Buchtitel veröffentlicht. Autoren veröffentlichen in wenigen leichten Schritten gedruckte Bücher, e-Books und audio-Books. tredition hat das Ziel, die beste und fairste Veröffentlichungsmöglichkeit für Autoren zu bieten.

tredition wurde mit der Erkenntnis gegründet, dass nur etwa jedes 200. bei Verlagen eingereichte Manuskript veröffentlicht wird. Dabei hat jedes Buch seinen Markt, also seine Leser. tredition sorgt dafür, dass für jedes Buch die Leserschaft auch erreicht wird.

Im einzigartigen Literatur-Netzwerk von tredition bieten zahlreiche Literatur-Partner (das sind Lektoren, Übersetzer, Hörbuchsprecher und Illustratoren) ihre Dienstleistung an, um Manuskripte zu verbessern oder die Vielfalt zu erhöhen. Autoren vereinbaren direkt mit den Literatur-Partnern die Konditionen ihrer Zusammenarbeit und partizipieren gemeinsam am Erfolg des Buches.

Das gesamte Verlagsprogramm von tredition ist bei allen stationären Buchhandlungen und Online-Buchhändlern wie z. B. Amazon erhältlich. e-Books stehen bei den führenden Online-Portalen (z. B. iBookstore von Apple oder Kindle von Amazon) zum Verkauf.

Einfach leicht ein Buch veröffentlichen: **www.tredition.de**

Eigene Buchreihe oder eigenen Verlag gründen

Seit 2009 bietet tredition sein Verlagskonzept auch als sogenanntes "White-Label" an. Das bedeutet, dass andere Unternehmen, Institutionen und Personen risikofrei und unkompliziert selbst zum Herausgeber von Büchern und Buchreihen unter eigener Marke werden können. tredition übernimmt dabei das komplette Herstellungs- und Distributionsrisiko.

Zahlreiche Zeitschriften-, Zeitungs- und Buchverlage, Universitäten, Forschungseinrichtungen u.v.m. nutzen diese Dienstleistung von tredition, um unter eigener Marke ohne Risiko Bücher zu verlegen.

Alle Informationen im Internet: **www.tredition.de/fuer-verlage**

tredition wurde mit mehreren Innovationspreisen ausgezeichnet, u. a. mit dem Webfuture Award und dem Innovationspreis der Buch Digitale.

tredition ist Mitglied im Börsenverein des Deutschen Buchhandels.

Dieses Werk elektronisch lesen

Dieses Werk ist Teil der Gutenberg-DE Edition DVD. Diese enthält das komplette Archiv des Projekt Gutenberg-DE. Die DVD ist im Internet erhältlich auf **http://gutenbergshop.abc.de**

Zeitfracht Medien GmbH
Ferdinand-Jühlke-Straße 7
99095 Erfurt, Deutschland
produktsicherheit@kolibri360.de